巧捕白象

[美]威勒德·普赖斯 著

陈小兰 译

北京出版集团
北京少年儿童出版社

著作权登记号
图字:01-2010-1127
ELEPHANT ADVENTURE by WILLARD PRICE
Copyright © WILLARD PRICE, 1964
Willard Price, the Willard Price Logo and Hal and Roger are trade marks of Willard Price Literary Management Ltd, used under licence by Beijing Juvenile & Children's Publishing House Co., Ltd.
This edition arranged with Willard Price Literary Management Ltd through Big Apple Agency, Labuan, Malaysia
Simplified Chinese edition copyright @ 2023 Beijing Juvenile & Children's Publishing House Co., Ltd
All rights reserved.

图书在版编目(CIP)数据

巧捕白象 /(美)威勒德·普赖斯著;陈小兰译. —2版. — 北京:北京少年儿童出版社,2024.1(2025.7重印)
(哈尔罗杰历险记)
书名原文:ELEPHANT ADVENTURE
ISBN 978-7-5301-6550-8

Ⅰ. ①巧… Ⅱ. ①威… ②陈… Ⅲ. ①儿童小说—长篇小说—美国—现代 Ⅳ. ①I712.84

中国版本图书馆 CIP 数据核字(2022)第 258066 号

哈尔罗杰历险记
巧捕白象
QIAOBU BAIXIANG
[美]威勒德·普赖斯 著
陈小兰 译

*

北 京 出 版 集 团 出版
北 京 少 年 儿 童 出 版 社
(北京北三环中路6号)
邮政编码:100120

网　址:www.bph.com.cn
北京少年儿童出版社发行
新　华　书　店　经　销
三河市天润建兴印务有限公司印刷

*

880 毫米×1230 毫米　32 开本　5.75 印张　150 千字
2012 年 1 月第 1 版　2024 年 1 月第 2 版　2025 年 7 月第 3 次印刷
ISBN 978-7-5301-6550-8
定价:28.00 元
如有印装质量问题,由本社负责调换
质量监督电话:010-58572171

序 言

我们的脑袋是圆的,像个地球仪。而且每个人的脑袋里,可能会想到地球,它的体积有多大?年龄有多大?有哪些有趣的人和事?但对任何人来说,地球都是一个庞然大物,即使倾其一生,也不可能把它跑遍了。怎么办呢?有一个捷径,即看书,这叫作"秀才不出门,便知天下事"。如果你想了解地球上都有些什么新鲜事,特别是大自然中的新鲜事,我建议你看一看"哈尔罗杰历险记"。

威勒德·普赖斯先生出生于1883年,他是个幸运的人,一生中跑了77个国家和地区,包括我们中国,遇到过许多新鲜的人和新鲜的事。他又是一个愿意奉献、不甘寂寞的人,不想把自己的知识和见闻都烂在肚子里,于是便动笔写了一套书,献给全世界的孩子们。于是,在70多年前,就诞生了哈尔·亨特和罗杰·亨特两兄弟的角色。

哈尔和罗杰是约翰·亨特的儿子。约翰·亨特是动物博物学家,几乎跑遍了全球去了解和收集各种各样的珍奇动物。哈尔和罗杰不仅继承了老亨特的基因,而且也继承了爸爸的事业和兴趣。在老亨特的鼓励和安排下,哈尔和罗杰走南闯北,历尽危险和艰辛,从亚马孙丛林到南太平洋小岛,从非洲大陆到格陵兰冰原,从世界上第二大岛新几内亚到地球上最高的山系喜马拉雅山,从正在爆发的火山口到危机四伏的海底世界,足迹延伸到世界各地的各个角落。他们冒着生命危险,勇敢地追逐丛林巨蟒,制服热带巨蜥,巧捕非洲白象,激战北极之王北极熊,深入海底猎奇,大战庞然大物杀人鲸,不仅与凶猛的动物较量,还得与贪婪的人类争斗,常常是弹尽粮绝,走投无路,只能依靠自己的智慧和勇气,才能置之死地而后生。当然,不可能所有的人都像哈尔和罗杰那样,有机会到世界各地去旅游、探险。正因如此，所有关心地球和热爱自然的人，不妨都抽空看看"哈尔罗杰历险记"这套书，希望你能进入角色，设身处地，感同身受，与哈尔和罗杰一起，深入广袤无垠的大自然去畅游、搏击，追随那些曲折的情节，体验无数惊险的场面，肯定会使你深感刺激。而且，书中丰富的知识和简练的语言，也会令人受益匪浅，回味无穷。

最后，还要加上几句，就是关于亨特一家的事业。他们到世界各地去猎取和收集各种各样的珍奇动物，送到动物园和博物馆。一方面固然为人们休闲娱乐、观赏和了解地球上的各种动物做出了贡献，但是另一方面，他们也伤害了许多动物，伤害了大自然……

与70年前相比，人类现在更注重生态保护，对大自然和动物界的了解，都要客观而且深入得多了。但也产生了另外一种值得注意的倾向，就是一厢情愿地去和动物亲近，以至于有人和自己的爱犬亲吻，结果被咬掉了嘴唇。我们说，动物是我们的朋友，是指我们和动物同是生命世界之一员。但这并不意味着，我们就可以和北极熊拥抱，可以跟老虎接吻。动物就是动物，人就是人，即使地球上最最温和友好、亲切好奇的南极企鹅，当我想去摸它的脑袋时，它也会奋起反抗，摆出一副决一死战的架势。因此，我认为，人类和动物朋友的交往，应该是"君子之交淡如水"，最好的做法就是不要去干扰它们，当然更不能去伤害它们。

位梦华

中国最先登上南极大陆的科学家之一
中国作家协会会员、中国科普作家协会会员
享受政府特殊津贴、有突出贡献的科学家

目录
CONTENTS

1　给大象让路	1
2　神秘的月亮山	13
3　地球上最高的人	18
4　地球上最矮的人	29
5　天空中的大象	33
6　树梢上的猎人	37
7　俾格米人和箭猪	43
8　活埋	46
9　"巨人"杀手	50
10　关于大象	56
11　长鼻子的故事	59

12 罗杰做了象妈妈	66
13 陷阱	73
14 会跳的帐篷	82
15 小象进餐的仪态	86
16 酋长的儿子	91
17 特大蚯蚓	95
18 绑架	102
19 发怒的大猩猩	110
20 奴隶贩子	116
21 泥潭里的公象	124
22 "大小子"逃回来了	131
23 地道	138
24 白象	145
25 "雷公"	151

26 山洞 **158**

27 捉到了白象 **166**

28 偷猎者 **173**

1 给大象让路

一头巨大的公象挡住了去路。

正在崎岖不平的山路上前行的两个男孩——哈尔和罗杰,突然觉得眼前一片黑暗。起初他们还以为是一片云遮住了太阳。

抬头一看,是一头大象。他们从未见过这么大的象。

公象见到他们也吃了一惊,立刻停了下来,盯着他们,生气地咆哮着,并且伸出长鼻子嗅嗅他们的气味。

它的耳朵原是贴着肩膀耷拉着的,现在张开了,像两把巨型的伞。每只耳朵大如桌面,如果把它当作用餐桌子,8个人围坐还绰绰有余。

哈尔打量着,估计从一只耳朵的边缘到另一只耳朵的边缘,起码有14英尺①。在阳光下泛着亮光的两颗长牙,也有6英尺长。

每逢哈尔这样仔细估量时,他的弟弟罗杰就会不耐烦。

"我们快点离开这里吧!"罗杰建议。

"去哪里?"哈尔问,指着小路两旁密不透风的厚厚树丛形成的"墙"。

"顺着我们来的路回去。"罗杰说。

---

① 英尺:1英尺=12英寸=0.3048米。

"这样只会把事情弄糟,大象肯定会追上来。在小路上它比我们快得多,我们只有被它那6吨,不,7吨重的身躯压成肉饼。"

"你是不是想露一手?你有办法吗?"罗杰不满地反驳。

这时公象扬起长鼻子大吼一声,一股寒气逼来,周围的小鸟和猴子纷纷尖叫着四处逃散。

哈尔往身后看了看,他雇的狩猎远征队的黑人队员们站在50英尺外颤颤抖抖挤成一团,只有一个猎手,哈尔的得力助手乔罗站在他的身旁。

他的手上有一支专打大象的枪。他把枪递给哈尔。

哈尔摇摇头。

"我们先试一下能不能把它活捉。"

乔罗不相信地笑了笑。他有着非凡的勇气,也仰慕别人的勇气。有一点是清楚的,要活捉那头公象,他们自己首先得活着。

就这样,他们既不敢向前也不敢后退。这时,月亮山有名的浓雾正从四面八方升起来,当然如果等一等的话,他们也许可以利用浓雾的遮掩逃回去。

不过很显然,这头大公象是不会让他们等下去的。

有个地洞该多好,他们将会十分乐意地钻进去,但是没有。唯一的出路只能是向上。

机灵的罗杰想出了好主意,也许行得通。

"瞧!藤条!"他喊道。这里的每一棵大树枝头上都垂吊着藤蔓,一种藤本植物。赤道森林里总是交织着这种藤蔓。现在,低垂着的藤圈,坚韧得有如轮船上的钢丝绳,在小路上方摇晃着。

1 给大象让路

"如果我们能攀上其中一条就好了。"

"来,踏着我的肩膀上。"哈尔下令。

罗杰上了哥哥的肩头,抓住一根藤条,一下子就吊上了半空。公象吓了一跳,它惊讶地盯着这些奇怪的"杂技演员"。

"快!"哈尔又对乔罗命令,"快上!"

乔罗想让他的主人先上,但没有时间争论了。他把枪塞进背带里,拿哈尔当梯子,也攀上了藤条。

这时公象恶狠狠地吼叫着,直朝哈尔冲过来。说时迟那时快,乔罗一只脚钩在藤圈上,身子倒挂着向哈尔伸出一只手,哈尔抓住也吊上了半空。

大公象并没停下来欣赏这绝妙的杂技表演,而是急冲过来。当大公象在哈尔身下咆哮时,他觉得两条裤腿处有一阵阵热浪袭来。忽然间,他感到一只脚踝被什么又软又有力的东西抓住了,原来是大象的鼻尖。

乔罗将哈尔往上拉,大象把他往下拖,双方僵持着。处在中间的哈尔眼看就要被撕成两半了。在这痛苦的一刻,哈尔想到了滑稽的一幕,他想象自己像一块橡胶一样正在被拉长。

"这样一拉,我会变成8英尺长啦!"

不过他很清楚,只要大象鼻子的拉力一旦胜过乔罗的臂力,不要说等自己被拉成8英尺,大概连原来的6英尺身躯也保不住了。要是让大象拉了下来,不是被它犀利的长牙扎死,就是被那支撑着六七吨身体重量的象腿踩成肉酱。

站在50英尺以外的哈尔的手下人赶快跑了上来。他们叫着,喊着,敲打着随身携带的平底锅,想借此引开大象的注意力。

大象果然朝着他们发出尖声的吼叫。

这样一个庞然大物的叫声非常奇怪，人们可能会想象它该吼而不是尖叫。以它的体重，它的吼叫声应该像十几头狮子齐声咆哮，然而这头大象的叫声竟像一个非常生气的女人的尖叫声。虽然它的音调很高，但其中的狂怒，令人听了毛骨悚然，血液凝固。

它对着敲击平底锅的队员们尖叫，但并不放弃自己的目标——悬吊在藤蔓上的哈尔。

"我一个个来对付，"它似乎在说，"先是藤上的那个，然后是你们。"它钩住哈尔脚使劲地往下拉。

哈尔突然觉得身子下滑了一点，原来，支撑乔罗和他的那根藤蔓开始往下坠。这是一个新的危险。如果藤蔓断了，他和乔罗掉下去就没命了。

"放开我，乔罗！"哈尔喊道，"快松手！"

这一次，乔罗没有执行主人的命令。

他仍紧紧地抓着哈尔的手腕。

哈尔又感到什么东西松了一下，是他那双坚实的狩猎时穿的靴子。为了防虫叮咬，这种靴子的靴帮一直伸到脚踝之上，鞋带也一直系到顶部。不知是哈尔那天早上没有系紧鞋带还是那头大象的拼命拽扯，靴子就要脱落了。

原先哈尔为有这样的一双靴子感到自豪，现在呢，他恨不得立刻把它甩给正在折磨他的大象。他试着缩一下脚，靴子仍然牢牢地卡在脚跟处。哈尔又扭动了几下脚踝，靴子松动一点，往下掉了些。鞋带终于松开了。哈尔最后一扭，把脚抽了出来。

4

1 给大象让路

乔罗乘机一拉，两人终于逃脱了黑蛇般的大象鼻子。

大象被激怒了，它把全部的怒气发泄在地上的靴子上，也许它认为这只靴子是敌人的一部分吧。它踩着靴子，用长牙不断地扎它，又将靴子抛进嘴里，用大锤似的白齿撕咬着，然后又吐了出来，扔在石块上使劲地踏着。这双能穿上10年的靴子10秒钟内就报废了。

靴子的缝口脱开了，鞋跟也断了。在又戳又撕又踩之下，一只坚实耐用的狩猎靴子不一会儿就成了一堆碎皮片子。谁也不会想象得出它原先会是一只靴子！

现在大象要将烂靴子埋起来了。

哈尔他们曾经听说过大象的这种习惯，却从未亲眼见到过。一头大象在杀戮了自己的敌人并且确定它必死无疑时，会把它的尸体用树叶树枝掩埋起来。

这是为什么？谁也说不上来。谁能够知道大象的内心想法呢？

大象是一种有着复杂感情的动物，有时会发怒，有时又显得很温驯；有时它表现得宽宏大量，有时却又猜疑妒忌；有时它调皮好玩，有时又严肃拘谨；有时胆小害羞，有时勇敢非凡；有时脾气暴躁，有时却又温存善良。

有时你从它身旁走过，它会毫不在意。但是如果你挡住了它的去路，你得小心点，它会对你不客气的。非洲的许多路上都可以看到这样的警告牌：

"让大象先通行！"

其他的动物也许会退到一旁，大象绝不会这样。它知道自己

1 给大象让路

的力量，为什么要给别人让路呢？

它是世界上肌肉最发达的动物，它有皇帝般的尊严。在它眼里，人太小了，即使是坐在轿车或卡车里的人。喇叭声吓唬不了它，相反，会激怒它，招来它的攻击，那么恐怕连人带车都要完蛋了。

一个步行的人，对大象来说好比是一只昆虫，随时可以被拍倒，就好像我们拍打一只蚊虫那样容易。

不过，当它将冒犯它的人或动物弄死后，可能出于怜悯吧，它会为它的敌人举行隆重的葬礼。

究竟是什么原因，谁也说不上来，不过它总是这样做的。如今这头庞然大物，正在将小路旁4英尺厚的青苔扒开，直到将那只可怜的破靴子完完全全埋起来。

"现在它该离开，不再理睬我们了吧。"罗杰猜测着。

哈尔有点怀疑地说："我看不会。据说大象的记忆力非常好。可以肯定，它还没有忘掉我们。再说，我们也不想它走掉，因为我们还要活捉它呢。"

罗杰惊讶地看着哈尔，叫道："什么？要活捉它？你一定是疯了，我们怎么可能……"

哈尔打断了弟弟的话："来了！快点抓紧！"

这头公象确实没有忘记他们。它昂着头径直朝他们躲在上面的那棵大树走来。

"让它来吧！"罗杰笑着说，"它抓不住我们的。没听说大象会爬树的。"

"它根本用不着爬上树，它只要把树推倒就行了。"

这突然而来的不愉快想法使罗杰记起，他曾经见过整座森林被横冲直撞发怒的大象踏成平地，仅仅因为它们够不到树顶上鲜嫩的绿叶。

"我们这棵树粗壮，它撞不倒的。"罗杰说。

"我可不指望。这是一种叫莫伯尼的树，它的根是空心的。抓紧！"

"砰！砰！"

六七吨重的大公象以巨大的前额猛烈地撞击高出地面约12英尺的这棵大树。

大树被撞得摇摇晃晃，一只猴子尖叫着从树顶的枝头上跌下来，大公象换了个姿势，前腿牢牢顶住树干，用尽力气抵着。大树发出吱吱响声，仍然挺立着。一次又一次，大公象用额头和前腿轮番撞着推着。不一会儿它停下来似乎在想着什么。只见它用又尖又利的象牙朝泥土挖去，撬出许多树根，转眼间，树根成堆。此刻，树上的哈尔也没有闲着。

"图图，"他喊道，"铁链！"

树下的人都知道该怎么办。大象与水牛、犀牛不一样，是不能用套索套住头部的办法来捕捉的，因为大象能用长牙和鼻子挡住。

一般的捕捉办法是用铁链或者绳子结成环，暗暗地放在大象的后足处，只要它一抬脚就会被套住。

原来高出地面厚厚的青苔已被大象踏得与小路一样平，宛如蒸汽压路机压过一样。在图图的指挥下，所有的人已经渐渐接近正在忙于撞树的大象。他们等待着机会的到来。

1 给大象让路

大公象又开始猛烈地撞击大树。越来越多的树根被挖了出来。每撞一下,大树就歪一下,摇摇欲倒。

大树上的猴子早已逃到别的树上去了。哈尔、罗杰和乔罗,多么想能和它们一样,可惜他们成不了猴子。此刻他们只好牢牢地抓住树枝,希望大树倒下时不被压着。

这时,铁链的一头已被牢牢地缠在一块岩石上,另一端则被绕成一个环放在大象的右后脚不远处。发怒的大象只顾疯狂地撞击大树,无暇顾及身后。要不了多久,它就会踩进铁环去了。

一伙人拥在大象的后头。哈尔想,他们靠得太近了,要是大象一回头冲过去,准有人被踩死。

"把你的枪准备好,"哈尔对乔罗说,"要到万不得已时才开枪。"

乔罗从背带里抽出猎枪,上了膛。

"给我拿着吧!"罗杰请求道。

乔罗看着哈尔,他摇摇头。一个 14 岁的孩子是不该使用猎枪的。

"给我吧,哈尔。"罗杰热切地请求。他并不想向大象开枪,也不想向别的什么东西射击。他只是希望,在非开枪不可时,由他放枪。

"这枪我以前用过。我可以把 200 码[①]处的沙丁鱼罐头打翻,难道你不认为我也能将房子一般大的大象击中吗?"

哈尔笑了。他向乔罗点点头。枪递到了罗杰手里。在摇摇晃

---

① 码:1 码 =3 英尺 =0.9144 米。

晃的枝头上，罗杰差点失去平衡连人带枪跌落下去。

哈尔担心的事发生了。大公象被身后人群的喧闹声激怒了，它猛地一回头，瞪着发红的眼睛大吼一声向他们冲过去。人们像被大风狂吹的落叶四处散去。几乎是同一时刻，传来了枪响。

大象的腿一歪，一声不响地跌倒在泥土上。

随着枪响，罗杰也从树上掉了下来。晃动的树枝，枪的后坐力，一下子就把他掀起抛了下来。如果树下是块石头，从这么高的树上摔下肯定要碰得脑袋开花。

不过他的运气还不错。地上接着他的是一块 4 英尺厚的"弹簧垫子"——世界上绝无仅有的、只长在此处高山上的厚厚青苔。

罗杰摔了下去，青苔上千百万个纤维孔就像无数钢丝弹簧一样，把他弹了起来，如此弹了两次才停下来。罗杰躺在青苔上直喘气，他几乎不敢睁开眼睛，生怕大象就站在面前。

他鼓起勇气睁开了双眼，只见一大团黑色的东西躺在一旁，一群人围着它。这时哈尔和乔罗也从树上下来了。

罗杰费力地从青苔中挣扎出来。他走到被他打倒的大象旁，细细地打量着。

"真是我开枪打的吗？"

他并没有感到高兴。谁不会扣动扳机？他和他的朋友们都没能实现他们来时的愿望——活捉大象。他感到一阵沮丧。

哈尔此时正在细心观察着插在大象肩膀上一个生了锈的矛尖。伤口四周已经溃烂化脓。

"一定是这个使它发狂的。"哈尔说。

"我击中它的什么地方了？"罗杰很想知道。

"就在这里。"哈尔指着大象头颅上的一个小洞。

哈尔和乔罗接着做了一件令罗杰费解的事。他们弯下腰，把一个链环套在大公象的一只脚踝上，另一头锁在树干上。

罗杰感到好生奇怪："象已经死了，还要用铁链锁住？"

哈尔答道："它并没有死掉。"

"什么？没有死？子弹从脑子穿过还死不了？"

"我的弟弟，我很遗憾地纠正你的说法，子弹并没有穿过它的脑子。大象头部上方尽是骨头，即使子弹在上面打满窟窿，它也死不了。它的脑子在这些骨头的下方、两个眼睛之间的地方。此刻它只是暂时昏过去，很快就会醒过来的。"

罗杰看见人们眼里嘲弄的神色，感到很丢脸。

"了不起的猎手！"哈尔笑着说，"你看，你出于残忍的本能，开枪将大象打死了。我们却要让它起死回生。"

罗杰很不高兴地想，我倒是希望这大象活不过来。跟老大哥总是很难相处，他们总以为他们自己很聪明很能干。

然而，哈尔说对了。那个黑色的庞然大物果然动了一下，接着发出一阵呻吟声，慢慢睁开了眼睛，大象活了。围着的人慌忙往后退，给它让出地方。大象茫然地朝四周望望，忽然大吼一声，摇摇晃晃站起来，向站在离它最近的人冲过去。但是，锁在树干上的铁链子拉住了它。

它往后退了几步，又朝前冲去，力气是这样的大，竟把脚上拖住它的链子扯断了。大象带着仍然套在脚踝上的链环，尖叫着，穿过惊讶不已、目瞪口呆的围观者，沿着小路向森林奔去。

"当啷，当啷，当啷……"链子拖在地上发出的响声越来越弱，大象的尖叫声也逐渐消失了。月亮山又恢复了宁静。

大象跑了，哈尔很是失望。罗杰没说什么，他的眼里却流露出有点幸灾乐祸的神情。哈尔猜到他在想什么：我的大哥哥，我没有把大象打死，你也没有将它捉住，这回可教训你了，不要那么神气！

2

神秘的月亮山

大公象最后的尖叫声被森林吞没了。好一会儿,人们还怔怔地站在那里。四周是死一般的沉寂。人们的脸上露出惊恐的神色,比起大象的吼声他们似乎更惧怕寂静。

没有捉到他们遇到的第一头象,这对狩猎远征队队员来说不是个好兆头。他们三三两两聚在一块儿低声嘟哝着。

"他们不想往前走了。"乔罗告诉哈尔。

"为什么?"

"他们说这儿是一个可怕的地方,是死亡之地。他们从来没有见过如此可怕的地方。在这里什么也不会得到的。"

哈尔看看四周,不得不承认这个地方的险恶。围绕着他们的全是高耸入云的植物,相比之下,人显得那样的矮小。

树木巨人似的挺立着,披着一层厚厚的长须状青苔,看起来像一个个老人,当然,实际上要比老人高大 1000 倍。灰色的苔须一直拖落下来,在寒风中飘动着。每一棵树的树头都盘缠着约几百米黑蛇似的藤蔓。林木之间,一块块白云飘逸,地面上雾霭滚滚,好像天上巨兽的利爪,正在寻觅肥美的佳肴。

笼罩着四周的浓雾,像灰色的窗帘在微风中飘来飘去,隐隐约约可以看见那些世界上最奇异的植物,真好像身处于一场噩梦之中。哈尔真想拧自己一下,看看这一切是真是假。

一个什么样的世界啊！花儿如房子一般高。哈尔身旁有一种叫千里光的植物，他知道在美洲或者欧洲，这种东西只长及人们的脚踝处，现在，它们竟有4个人叠起来那样高。

它们的种子，通常是用来喂金丝雀的，不过金丝雀吞不下这儿的种子，因为在这里的每粒千里光的种子比金丝雀还要大。

在美洲，欧洲芹常常是放在碟子上做菜肴或装饰用的。眼前的欧洲芹若要放在碟子上，这碟子的直径起码要15英尺才行。

再看看那些白色的蜡菊。在其他地方，人们要俯下身子才能采到，而在这里，它们高高地长过了人的头顶。

长在苏格兰的钟石南也不过到一个人的肩膀那么高，在这里却长成40英尺的参天大树。

欧洲蕨往往只长到人的膝盖那么高，但月亮山坡地上的这种蕨都成了大树，带状的叶子足有12英尺长。

一种毛茛属植物金凤花，宛如进餐时用的盘子；雏菊更大，朴实的小紫罗兰长成坚实的灌木丛；一种常常插在纽扣孔里作为饰物的美丽小花，在这令人头晕目眩的"迪士尼乐园"里，它的直径竟有3英尺。

那些像电线杆似的是什么东西？哈尔走近一瞧，几乎不敢相信自己的眼睛。好在他是一个博物学家，对植物和动物都很有研究。他很快认出来了，原来是一种同属于红花半边莲的植物，他曾经在家中庭院的边缘处栽种过。这种植物一般不过几英寸高，眼下的却高达30英尺，它的花大如水桶。

罗杰顺着哈尔的目光望去，只见四周巨大的植物在浓雾中时隐时现，不禁感到一阵战栗。

2 神秘的月亮山

"看,我都起鸡皮疙瘩了,"罗杰对哈尔说,"为什么这里的一切都那么高大呢?"

"谁也不十分确切地知道,"哈尔答道,"这里地处赤道,没有冬天,终年炎热。植物在一年的每一天里都在长大,从不间断,加上这里整夜整日地下雨,至少也有蒙蒙细雨,还有酸性很强的土质和强烈的紫外线光照等,这些都有利于植物的生长。"

"行啦,行啦,"罗杰对那些详细的科学解释不耐烦了,"如果不是亲眼见到,我是不会相信的。那么,这儿的动物也很大吗?"

"是的。刚才那头大象不就是个庞然大物吗?还有,这里的猩猩,是非洲最大的。豹子跟狮子一样个头,至于鸟类,瞧那蜂鸟①。"

罗杰抬头望去,一只鸟正在红花半边莲的花上盘旋着。

"蜂鸟?我的天呀,这么大的一只蜂鸟!"罗杰喊道。

这是一只和白鸽一般大的鸟,但绝不是白鸽,因为白鸽是不能悬停在空中的,也没有那样细长而扁平的嘴巴插入花蕊中。确实这是一只蜂鸟无疑。

罗杰踢了一下脚下的泥土。

"那么,你该接着说这里的蚯蚓和蛇一般粗了?"

"正是,"哈尔赞同地说,"如果我们现在有时间挖下去,准能挖到几条。听说国家地理协会的一支远征队就发现过 3 英尺长的蚯蚓。"

---

① 蜂鸟:鸟类中最小的鸟,有的比黄蜂还小,嘴细长,吃花蜜和花上的小虫。

"但是为什么我们没有听说过有关这个地方的更多报道呢？是谁保守秘密？"

"这并不是什么秘密。如果你观察一下地图，就会发现这儿离维多利亚湖不远，很多旅游者都去那里。在地图上这里的名字叫卢旺扎尔，意思是造雨者。正是由于有这么多的雨水，它很难成为一个旅游胜地。事实上很少人注意它，因为它几乎所有的时候都藏在雨雾中。"

"卢旺扎尔，嗯，我看那就是月亮山。"

"你讲对了。这是它的另一种叫法。"

"是新取的名字吗？"

"不，是旧名字。古埃及人都知道它，是他们这样称呼它的。"

"为什么？"

"也许它太奇异了。世界上没有其他地方可以和它相比。它似乎是在另一个世界里。所以，在非常非常古老的地图上，它被叫作月亮山。有趣的是，它曾经被标在地图上1000多年，后来又被从地图上抹掉，因为人们认为它并不存在。探险家们也找不到它。斯坦利，这位曾发现利文斯通①的科学家说，他曾经乘小船穿过被认为是月亮山的地方，但是他确信，那里没有山存在。这样，月亮山就从地图上消失了。后来，他再次来到非洲这个地方。碰巧有那么一会儿云开雾散，月亮山就在那儿。其中有些山

---

① 利文斯通：苏格兰人，著名非洲探险家。他病倒在坦噶尼喀湖附近，为斯坦利发现。

2 神秘的月亮山

峰是全非洲最高的，其顶上覆盖着终年不化的皑皑白雪。这样它又出现在地图上，并起了一个名字——月亮山。"

罗杰说："月亮山，这个名字听起来就有点怪异，不过这也是我见到过的最神秘的地方。"

哈尔手下的队员们还挤在一块儿，争论着继续往前走还是折返宿营地。

罗杰不耐烦了。

"难道我们整天就待在这里不动？为什么你不叫他们往前走呢？"

"让他们自己决定吧！"哈尔答道，"我们是不能勉强非洲人的。他们自己会做出决定。别忘了，他们把这儿所有的东西都看成是神圣的。他们认为每一个树丛，甚至每一块石头，里面都有一个神灵。东西越大，住在里面的神灵就越大。他们习惯于这些高大的树木和动物，并且相信它们不会真的伤害人们。"

他拾起被大公象踏破的靴子，向一个背着背包的人招呼：

"马里，我有一双靴子在你的背包里吧？"

靴子很快被找了出来，哈尔穿上，正要随手扔掉旧靴子，马里开口说道：

"先生，把这双旧的给我吧。"他脱去脚上穿的一双用旧轮胎做成的凉鞋，一只脚穿上哈尔那只仍旧完好的靴子，又用几根藤蔓将那破靴子绑在另一只脚上，然后骄傲地朝地上踏了几下，要知道这是他第一次拥有这么好的靴子啊！

3

地球上最高的人

哈尔的那双靴子好像给马里增添了新的勇气。他高兴地朝山上走去。突然,他停了下来,死死地盯着前方。不远处,一个怪物从小路上走下来。

四周薄雾缭绕,他看不清楚是什么东西。不过他想一定是个鬼,因为世界上没有一个活着的人有那么高。这时候,跟在马里后面的人也都看见了,他们顿时兴奋起来,喊喊喳喳地议论着。

雾刚好散去,他们看得很清楚,是一个真真正正的人,不是鬼。不过连哈尔手下这些来自非洲乌干达的狩猎队队员也没有见过这么高的人。他们那里的人很少超过 5 英尺。也许这个高个子是瓦杜西人吧。他们是地球上最高的人种,居住在非洲的卢旺达及一些山区地带,身高有七八英尺。

瓦杜西人既不是黑种人也不是白种人,他们的皮肤是深古铜色,走起路来头微微抬起,快得像一阵风。他们还是出色的舞蹈家和熟练的跳高能手。

"活像刚从《所罗门宝藏》里出来一样。"哈尔不禁脱口而出。罗杰连忙点头。他们都记起了那部电影里的瓦杜西巨人和他们优美的舞姿。

小路上走下来的人身裹白色长袍,手上拿着一根长棍。他看见这些不速之客也许会大吃一惊,不过他不会露出惊慌的神色。

3 地球上最高的人

瓦杜西人是世界上最高的人，从来都不惧怕比他们矮小的人。即使有时出现慌乱，他们也从不表露出来，因为他们觉得应有皇帝般的尊严。

白色的人影微微弯着腰，朝哈尔他们靠过来。若不是哈尔突然说话，或许他会走过去，不会注意到他们的。

"乔罗，"哈尔喊道，"叫他停下来，我有话对他说。"

非洲的每个部落都有自己的语言。乔罗不懂瓦杜西人的语言，所以他用斯瓦希里语问话。这是一种东非和西非任何部落的人都能听懂的语言。

高个子人听懂了，但他并没有用斯瓦希里语回答。他转向哈尔，用流利的英语答道：

"需要我为您做些什么吗？"

"你会说英语！"哈尔吃了一惊。

高个子人古铜色的脸上露出一丝骄傲的微笑。他朝下望着这些只有6英尺身高的矮小白种人，说道："我们当中有些人懂英语，是参加你们拍的那些会说话的图画的表演时学的。"

"你参加了那些舞蹈？"

"是的。我还表演了跳高。"

罗杰想起那部电影里的跳高镜头，忍不住问道："原来不是特技摄影，是你跳的？你真能跳那么高？"

"罗杰，"哈尔连忙制止，"不要那么没礼貌。我们还没有请教这位先生的姓名呢。"

眼前的这位瓦杜西人并没有露出不高兴的样子，相反，他笑得更欢了。

3 地球上最高的人

"没关系。我的名字叫蒙博,是这里的部落酋长。"

哈尔介绍了罗杰、乔罗和他自己。

"我真不明白我们互通姓名和不互通姓名有什么不一样?"罗杰边说边斜眼看了看他哥哥,"好啦,现在我们互相认识了,他能告诉我们关于跳高的事吗?"

"请不要介意他的话,"哈尔对蒙博说,"他是一个喜欢刨根问底的小调皮。"

"这才好呢,"蒙博回答道,"不轻易相信图画,也不轻易相信别人的话才是聪明的人呢。我还是给你们表演一下吧。"他又转向罗杰,"你要我表演什么呢?"

罗杰想了一下。他不愿意轻易地放过这个大高个子。他看看长得很高的哈尔哥哥,然后对蒙博说:"你能从我哥哥头顶上跳过吗?"

哈尔很不高兴他的主意,说:"瞧你都说了些什么。如果他跳不过去,岂不是踢在我的脸上?"

"很可能,"小调皮说,"我也这样想。不过挺有意思的,不是吗?"

蒙博酋长劝住了他们兄弟的争辩,对哈尔说:"你能不能让你弟弟坐在你的肩膀上,我从他头上跳过。"

这下哈尔高兴了。他弯下腰,罗杰很不情愿地爬上哥哥的肩头坐好,双腿夹住哈尔的脖子。哈尔将身子直了起来。

这次轮到罗杰担心了。万一蒙博跳不过去,那双腿不是要打在自己的脸上?蒙博能跳这么高吗?似乎不可能。罗杰真不乐意事情发生了这样的转换。

他听见下面咯咯的笑声。

"喂！上面情形如何？坐得舒服吗？"哈尔问道。

"瞧你高兴的样子，跟你换个位置怎么样？"罗杰反击道。

哈尔笑着说道："也许你活不到那个时候了，不过我们大家迟早都要去的。再见，我的小弟弟，很高兴认识你一场。"

稳坐在哈尔肩头的罗杰抓住哈尔的头发，猛地一拉。

"哎呀！"哈尔喊道，"为什么扯我的头发？"

"只是让你知道，你上面的人还没有死呢！"

这时，蒙博脱掉长袍露出纤细的身子，活像一根闪闪发亮的黄铜柱子。

哈尔他们以为他会后退几步助跑，然而，蒙博仍站在原地，离哈尔、罗杰只有几英尺。忽然他屈膝一跃，像一只风筝似的飞了过去。飞过罗杰时，那双瘦骨嶙峋的腿好像就要往他的脸上扫去。罗杰紧紧地闭上了眼睛，等待着，但是什么东西也没有碰过来，他只觉得一阵风掠过。罗杰睁开眼往后一看，蒙博已经笑眯眯平静地站在他们身后。经过这样激烈的一跳，他连气都没喘一下。蒙博捡起长袍重新穿上，问道：

"请允许我再问一次，我能帮你们什么吗？"

"我完全相信你能帮助我们，"哈尔回答，"先让我解释一下为什么我们到这里来。我们的父亲叫约翰·亨特，他是一个动物博物学家，我们都在帮他的忙。我们的任务是活捉一些动物，然后把它们运送去世界各地的动物园、动物博物馆、马戏团等需要它们的地方。"

"那你们的父亲，他和你们在一起吗？"

3 地球上最高的人

"不,他有事回纽约了。"

"活捉动物是一件非常危险的工作。你们现在只有单独完成了?"

"不是单独的,"哈尔指指身后的人,"我们有30人。他们都是非洲人。他们了解非洲,他们懂得野生动物的习性。"

酋长摇摇头。

"他们可能只知道捕杀动物,不懂得如何活捉。"

"我的人学过怎样活捉动物,"哈尔说,"我的父亲离开前,我们就活捉到一些动物,如长颈鹿、野牛、鬣狗、豹、狒狒、野猪、獾、河马、大蟒蛇,还有许多其他动物。"

"你们干得很出色,该要的你们都弄到手了。"

"不,我们还要捉到最大的动物。"

"最大的?啊,是指大象吧。"

"正是。我们需要好几头大象呢。"

"你们已经捉到一头了?"

"还没有,"哈尔承认,"刚才我们差点捉到一头,不过又让它跑了。"

蒙博笑了笑,说:"我担心你们在这儿一头也不会捉到。"

"为什么?"

"因为它们太强壮了。世界上没有哪一种动物比得上我们这里的大象。你们知道为什么吗?大象实际上就是这里的大山。"

他抬头朝薄雾中时隐时现的月亮山望去。哈尔第一次看到他眼里的恐惧神情。

"这是一个不寻常的地方,"酋长继续说道,"这里有魔法,所有的东西都不像它们原来那个样子。你们会笑话我,说我愚昧,不过我们的巫师是这样说的,我相信他的话。我们这块土地是大象的圣地。瞧,浓雾遮住了山峰,一头大象却出现在眼前。过了一会儿,大象消失在雾中,山峰又出现了。这样,谁不相信大象和山是同一个东西呢?你们的力气这样小,和大象较量倒不如与大山较量较量。"

"真是奇怪的念头。"哈尔暗想。但是面对着雾中依稀可见的巨大花朵,盘缠在树上巨蟒似的藤蔓,在这样一个什么东西都巨大的地方,谁能没有这种想法呢?

"如果我们真的捉到一头大象,你说它会变成大山吗?"哈尔问酋长。

"很难说,因为你们白种人的魔法和我们的可能不一样。总之,你们不要叫我们帮你捉大象。"

"那好吧,"哈尔同意了,"但有件事你们是可以帮忙的。"他指指那群挤在一起正在高声争论着什么的人说,"我的人不敢往前走了。你能帮我劝劝他们吗?也许你能告诉他们这里很安全。"

"我不能对他们这样说,因为这里实在不是安全之地。再说,你们正在追捕大象,也就是你们正在走向死亡之地。我们这些山峰会将你们围起来,把你们关在里面,然后踏在脚下。住在里面的幽灵,"他挥手指了指周围巨大的植物,"会变成巨兽把你们吞掉。"

哈尔对蒙博的迷信说法几乎忍不住要笑,不过他还是有礼貌地回答道:

"也许你说的会令我们担心。对他们,你不用说这里很安全,

3 地球上最高的人

但能否告诉他们有什么好地方可以宿营呢?"

"当然可以,我很乐意对他们说。你们能否光临我们的村子宿营呢?它离这儿不远。你的人呢?就这么 10 多个吗?不是说有 30 人吗?"

"这里只是先头部队,"哈尔解释,"我们先步行前来探路,看看可不可以通行汽车。其他的人以及吉普车、越野车等还在山脚下。如果派人告诉他们这里很顺利,他们马上就会把车子开上来的。但是如果这儿的人都回去,那么我们的计划就成泡影了。"

"我试试看,说服他们。"酋长说着,走向那堆吓得发抖的人。他们立刻把他围了起来,恭恭敬敬地听他说着什么。

蒙博用斯瓦希里语对他们说,他的村子就在小路前头不远处,到他的村子去会受到热烈欢迎的。这些人顿时高兴得欢呼起来,跟着酋长继续朝山上走去。

四周仍是高大的花草树木。人们已经没有先前那样害怕了。大家注意避开长着犹如织毛线针那样长针刺的一人高的荨麻,往山上走去。一心想快点到村子的小淘气——罗杰,只顾着赶路,一不小心跌进这样一个针垫上,针尖透过厚厚的狩猎衣服,像无数把灼热的小刀直刺肉体。他号叫着从针垫里爬出来。

"我全身都给刺痛了。"他大声喊道。

哈尔并没有表示多少同情,只是提醒他:"走路要看路,小心点。"他拿过一枝针刺细细地打量着,又瞧瞧路上的断枝,皱起眉头说:"如果我们的车队经过,轮胎上肯定要扎满洞的。"

酋长折回来看看发生了什么事。他看见鲜血从罗杰手臂和脸上的小洞及擦伤处不断流出来,不禁说:"我很抱歉。这些豹子的爪子太尖利了。"

"豹子？"罗杰不解地问。

"一头豹子死了，就变成荨麻，"蒙博解释道，"荨麻枯死了，又变成豹子。"

哈尔看着蒙博，真不明白那么聪明的酋长竟然会说出这样的事情。

"那么，照你说的，所有这些花草树木都是野兽的化身了？"哈尔问。

"不是全部，有些是我们先人的灵魂。"

"那就没有什么可怕的了。你们的先人一定是非常仁慈非常善良的。"

"是的，是的。但是他们死后就变得非常坏非常残忍了。"

"为什么会那样？"

"因为我们没有为他们送去食物。我们做不到，他们的人太多了。得不到食物，他们就成了我们的敌人，并且找机会报复我们。他们躺在那里，伺机用利爪刺我们，用毒汁伤害我们，他们有时还落在我们身上，甚至把我们踩在地上。"

好像要证明酋长的话是对的，一朵红花半边莲掉下来，下面的人跳过一旁，才没被打着。

哈尔弯下腰去仔细地观看。这是一朵有着像碟子似花瓣的蓝色花朵，和一个十几岁少年的个头差不多，并且非常的重。哈尔几乎提不动它。

"一个非常有趣的植物标本，"哈尔说，"我想把它保存起来。乔罗，找两个人抬着带走。"

3 地球上最高的人

酋长赶忙举手制止，说："别拿走，我请求你，让它留在这里吧。谁把它拿走谁就会死去。如果你不想损失两个人，就不要动它。"

罗杰悄悄对哈尔说："真是怪人。来，我俩来抬。"

"不，"哈尔说，"我们不能这样做，否则会冒犯他的。他是酋长，我们必须尊重他的意见，至少也要装着听他的。"

他一脚将花踢到路旁，说："先把它留在那里，等会儿我们的车队会捡起来的。"

他们继续向蒙博的村子走去。路上，新奇的事情接连不断。除了路旁4英尺厚的青苔，树干上也都长着10来英寸厚的青苔。猫头鹰在上面挖洞安家。在非常潮湿的地方，树干树枝上上下下全都覆盖着青苔，上面点缀着各色的兰花——红、粉红、蓝、绿，彩虹上所有的颜色都有。

有一段路上，所有的树都不见了，尽是草，长得比人还高。

走下去，景色又变了。他们走进了香蕉林。大如西瓜的香蕉吊在树上。罗杰最喜欢吃香蕉了，他看到地上有一根香蕉，便用小刀挑开，里面只有大粒的种子，真令他扫兴。

这时候，他们听见了说话声。不一会儿，他们来到了蒙博的村子。进入村子的小路一侧有一座像给洋娃娃居住的小房子，外面铺满了鲜花。房子里的架子上放着各种水果、谷物和小块小块的肉。

"这是用来干什么的？"哈尔问酋长。

"阻止邪恶的幽灵进入村子，"蒙博解释，"如果给它们吃的，它们就不会进村子找我们的麻烦了。"

"起作用吗?"

"不大灵,"蒙博承认,"一些幽灵还是进了村。它们带来厄运带来邪病,它们偷走我们的牛羊,更糟的是,还开始带走我们的孩子。我们的男孩和女孩经常在夜间不见了。第二天我们派人去找,穿树林爬高山,也不见他们的踪影。他们永远也不会回来了。"

酋长一脸伤心地说:"我们的魔法不起作用,真不知该怎么办。不过,你们不用为我们的事担心。我们是很热烈欢迎你们到来的。"

蒙博的村子比大多数的非洲村庄好得多。村子里很清洁、整齐。茅屋的墙是厚青苔砌成的,用一种坚如绳索的藤蔓将它固定在用竹子搭成的屋架上。屋顶用一种带秆的叫作纸莎草的植物覆盖着。古代埃及人就是用这种草造纸的。这些屋顶要比用棕榈叶盖的屋顶耐用4倍。屋顶伸出墙外老远,为的是不让青苔墙被雨水打湿。

哈尔和罗杰更感兴趣的是屋子里的人。7英尺或更高的男人、女人走出来欢迎他们。他们穿着白色长袍,活像一尊尊大理石塑像,围着这些第一次来到他们村庄的人,听着他们酋长用本地语解释着什么,然后,面带笑容望着哈尔和罗杰。在这一群巨人当中,他俩觉得自己成了小矮人。

4

地球上最矮的人

村子里的人并不都是那么高,在他们中间有些小矮人走来走去。他们不穿白长袍,也不穿其他什么东西,只是在腰间系上一块桦树皮遮住下身。他们的皮肤不是古铜色而是黑色的。最令人惊叹的还是他们的身高,大概只有3到4英尺。

"有点像《格列佛游记》里的故事,"罗杰很是惊叹,"不过格列佛是先到小人国才到大人国的。这里是大人小人都混在一起。哈尔,这些小矮人是什么人种?"

"他们是俾格米人,"哈尔答道,"刚果(金)①的这个角落就有这么一件奇异的事。地球上最高的人种瓦杜西人,地球上最矮的人种俾格米人合住在一起。看那边,瓦杜西人的茅屋后面,有一些像蜂巢似的小茅屋,大概高不及你的腰间,一定是俾格米人的住所了。"

酋长一直在听着,他对哈尔说:"你说得很对。我们的村子有一部分是给俾格米人住的。他们是我们的仆人,不过他们是高尚的人,值得你们尊敬。我希望你能见见他们的酋长阿布。"

一个比洋娃娃大不了多少的男人走了出来,鞠了一躬,然后庄重地同哈尔和罗杰握手。比起他那孩子似的身躯,他的头显得

---

① 刚果(金):非洲的一个国家。

特别大。他脸上深深的皱纹表明他已是老人了。

刚才在瓦杜西人面前,哈尔觉得自己像矮子,再看看这些俾格米人,他好像成了巨人。阿布的头顶只齐哈尔的髋部。

这个赤裸着身子的黑人,头大脸老。但当阿布用英语说话时,确实使哈尔大吃一惊。

"如能给你们帮助,我将感到十分荣幸。整整一年我和来这儿拍电影的人一起工作。我的英语不大好,是吧?"

哈尔笑起来,说:"如果我说你们的语言跟你说我们的英语这么好,我就太了不起了。"

"蒙博酋长告诉我,你们是为活捉大象而来。我们可以帮助你们。"

哈尔真想说"你们才需要帮助呢"。

"太可笑了。这些只有8岁男孩那样身高的人居然要帮助我们对付陆地上最大的动物——大象。"哈尔想。

瘦小的阿布体重大概只有30磅[①],他怎能对付体重6吨多的大象?

蒙博酋长猜到了哈尔在想什么。他对哈尔说:"你们不要以为阿布在说蠢话,俾格米人是捕捉大象的最佳猎手。我们瓦杜西人除大象以外几乎什么都不惧怕。我们相信大象就是大山,谁能和大山斗呢?俾格米人有不同的魔法。要是说有谁能帮助你们,那就是他们。不过我还是不相信你们能捉到大象。"

---

① 磅:英制计量单位,1磅=0.4536千克。

4 地球上最矮的人

哈尔虽然半信半疑，还是向阿布鞠了一躬，说："我们很高兴得到你们的帮助。"

一个信使被派下山去通知大队人马。天黑之前，狩猎队的30人及14部卡车、平台四轮车、吉普车和越野车都在村子旁专供瓦杜西人跳舞的空地上扎了营。牛，瓦杜西人最引以为荣的财产，在车辆间悠闲地吃草，不时用困惑的眼睛看着这些忙碌的人们。他们正支起行军床，铺好睡袋，准备过一个寒冷的夜晚。雨从乌云里淅淅沥沥地落下来。

哈尔躺在行军床上翻来覆去睡不着，好像失落了什么，一股孤单感向他袭来。他想念他的父亲。不过他要努力记住，他已经或者说几乎是一个大人了。他已满19岁，长得比父亲还健壮，只是缺乏经验。

实际上，这次并不是他和弟弟罗杰的第一次单独行动。他俩曾单独去过亚马孙河的原始森林，也到过荒凉的太平洋群岛。所不同的是，那些地方灿烂的阳光，蔚蓝的天空，使人心旷神怡，浑身是劲，充满活力。这里就不一样了，四处是狰狞的东西：高耸的树木，巨型的花草、动物，令人迷路的雾霭……

蒙博酋长说这个地方到处都有幽灵，当然是由于他们的迷信，不过，又如何解释那些失踪的牛，失踪的男孩和女孩呢？说不定今天晚上也会发生这样的事。

罗杰躺在帐篷另一边的床上早已睡着了。哈尔真想和他或者其他什么人谈谈。他凝神谛听，什么也没有，只有雨点打在帐篷上发出的啪嗒啪嗒的响声。

明天，他们就要出发到那充满神秘色彩的大山中捕捉大象。

昨天的第一次尝试,他们失败了。这次能成功吗?蒙博酋长也不相信他们能捉到。哈尔的信心有点动摇了。

唯一的鼓舞来自瘦小的阿布。不过,依靠这些小矮人去捕捉森林之王大象,是不是有点荒唐?

哈尔怀着忧虑不安的心情渐渐地进入了梦乡,他梦见小小的阿布酋长,突然间长得高大如树,轻易地用拇指和食指夹起林中的大象。哈尔向他要,他只是放声大笑。笑声震动了大山,摇撼着大树,阿布狂笑不止,将大象扔进嘴里嚼着,只把骨头吐了出来。

5 天空中的大象

哈尔醒了,大山真的在摇晃,不,原来是罗杰在使劲地摇他。

"醒醒,醒醒,你这懒虫。你不知道已经天亮了吗?"

哈尔喃喃地说:"是吗?去放风筝吧!"

回答他的是肋下被捅了一下。

"快醒醒,阿布来了。"

哈尔费力睁开蒙眬的睡眼。他希望眼前的阿布就是他梦中见到过的,高入天际,用嘴嚼着大象的阿布。而站在他面前的却是现实中的阿布,一个满脸皱纹,比罗杰还矮小得多的俾格米老人。

阿布朝哈尔躬躬身。

"我帮你们捉大象好吗?"

哈尔不得不敬佩他敢于对付非洲最大的动物——大象的勇敢精神。

"今天是捕象的好日子。"阿布接着说。

哈尔这才觉察到雨已经停了,太阳光从打开的帐篷门照进来。

"快点,"罗杰催促着哈尔,"快穿上衣服。我让你看点东西,保准你惊奇得直瞪眼。"

哈尔匆匆穿上衣服,跟着罗杰走出帐篷,他深知罗杰很会把事情夸大的。不过这一次他没有夸张,哈尔真的发愣了。

眼前是一幅多么令人难以置信的景观!哈尔他们四周是又高又大的花朵,花朵的后边是一片长着巨树的森林,森林上方飘浮着灰蒙蒙的雾,雾霭之上是一座白色的城市,令人炫目,无数的城堡、高楼、尖塔,在早晨的太阳光下发出耀眼的光芒。

哈尔起初以为它们不过是奇异的白云。细看发现,它们不是白云,而是月亮山众多的山峰。它们之下的雾霭将它们与地面分隔,所以看起来它们好像在半空中飘浮着。它们是那样的高,那样的遥远,似乎属于另一个星球。人们也可能想象它们是月亮、金星,或是木星的一部分。它们像月圆时那样光亮,像星星那样闪烁,又像是天堂那样的遥远。

"见到这样的奇观,我们真走运,"哈尔说,"它们几乎整年藏在白云后面。"

正是这月亮山,曾经被从地图上抹去,因为探险家看不到它,所以被认为是不存在的东西。如今,它又出现在地图上,不过能亲眼见到月亮山的游客真是百里挑一。连住在月亮山坡地上的本地人也极少见到这么多的山峰一下子全露出来。来自乌干达的哈尔的狩猎队队员们也是第一次见到月亮山的真容,他们张大嘴巴,脚像生了根似的立在那里,凝视着这座白色的城市。

"它们怎么会那样白呢?"其中一人问道,"是盐吗?"

"不,"聪明一点的乔罗回答,"是一种人们称之为雪的东西。"

"什么是雪?"

5 天空中的大象

这个问题难住了乔罗,他也答不上来。为了掩饰自己,他赶忙说:"别净问些愚蠢的问题。"

的确,住在赤道上的人怎能知道雪是什么样子呢?

哈尔告诉罗杰:"你若沿着赤道绕地球一周,就会发现,只有这里和南美洲的安第斯山可以看见雪。"

罗杰说:"不用去那么远,这个地方有的是。"

哈尔跑回帐篷拿来一张地图。他细细看着,又望望那些白色的山峰。

"瞧,那是斯坦利山峰,以那个认为它不存在的探险家命名的,后来他改变了看法。那是阿历山德鲁峰,阿伯特峰,那最高的是玛格哈里塔峰,还有众多的其他山峰。其中有 9 座是高于 16000 英尺的。"

"这些山峰怎么都伸出舌头来?"罗杰问。

哈尔笑起来:"我知道你指什么。那些从山顶上垂吊下来像舌头似的东西是冰川。地图上标有它们的名字,斯卑克冰川,埃利诺冰川,格兰特冰川,还有许许多多。冰川从山顶下滑到一定地方时,由于那里的天气比较暖和,冰川融化了。水从冰川的末端往下流,聚成了小河,无数小河又汇成了尼罗河。在赤道的其他地方,即使在安第斯山脉,也见不着这么多的冰川。"

"你说这些山峰像什么?"罗杰突然问道,"像一群白象!"

哈尔微笑着说:"你说得对。被你称为舌头的那些东西就是大象的鼻子,好长的鼻子啊,我看有的起码有 5 英里①长。现在

---

① 英里:1 英里=1.6093 千米。

我明白为什么瓦杜西人说山就是大象了。谁不怕山那么大的大象呢?"

哈尔再朝空中望去时,天空中的大象已经不见了。

真好像有什么魔法,要不,这些空中大象怎么一下子就消失在雾霭之中了呢?

哈尔和罗杰大概再也见不到这些天上的大象了,不过他们今后会碰到地上的大象。他们是不会忘掉这些有着 5 英里长鼻子的天上的大象的。

6

树梢上的猎人

黑沉沉的浓雾迅速地弥漫开来,湿淋淋的雾气飘过地面,冰冷的细雨开始纷纷扬扬落下来。

"我想这样的天气才是这儿正常的天气,"哈尔打着冷战,"要是躺在床上该多舒服。"

但是阿布和他的人一点也不在乎冰凉的雨水打在他们身上。

"我们现在就出发吧,怎么样?"阿布高兴地问。

"好,我们现在就走。"哈尔回答。

"你们先喝点这个,"阿布说着,递过来一个用葫芦做的容器,里面盛着一种浅红色的液体。他看到哈尔有点迟疑,便说:"我们外出打猎前都要喝的。"

"为什么?"

"增加力气。"

"留给你们喝吧,你们有这么多的人,很需要的。"

"不,我们都喝过了。这些足够你和你的人喝。"

哈尔不能拒绝了,他举起葫芦呷了一口,味道很是熟悉。

"这个味道我好熟悉,是什么东西?"

阿布笑着说:"可乐!在你们国家里,你们要一瓶瓶地买。我们这里可用不着买。我们从树上采来浅红色的大坚果,由我们的女人将它们煮烂,然后捣碎,再煮一次,就成了这种东西。好喝不？喝下去吧！"

哈尔真想把这肮脏的"可乐"倒在树丛后面，但是阿布看着他，他只好喝了下去，其他的人也都喝了。

俾格米人还准备了另一种东西招待他们的客人。他们拿来一锅刺鼻的油脂，把它涂在哈尔、罗杰和其他队员的脸上、手上。他们自己也全身抹上了这种油脂，顿时臭气熏天。

"我真受不了，"罗杰叫道，"这些油脂用来干什么的？"

"我想它是用大象的脂肪炼出来的，"哈尔说，"他们抹上它是为了遮盖人的气味。当他们接近大象时，大象还以为是同类来了呢！"

罗杰用手捂着鼻子，说："我希望现在就变成大象，那就不怕这个味儿了。"

阿布带路向森林走去，身后跟随着70个矮小黑人以及哈尔的30人。

哈尔心想，100多人如果还捉不到一头大象，那真是怪事。不过他老有一种不安的感觉，因为他的运气总不好。那些梦幻般的天上大象深深地刻在他的脑海里。

他并不迷信。他不相信瓦杜西人说的，在浓雾的遮挡下，天上的大象会下来走进森林，成为真正的大象。然而就在昨天，一头大公象却轻易地从他和他的12个队员眼皮下逃脱了。

俾格米人像影子似的在树木之间行进。他们的脚步很轻，踩着树枝也没有发出任何响声。他们静静地往前走，不时停下来倾听。除了偶尔一声鸟鸣或猩猩的深沉叫声，四周死一般寂静。

沉默的行军大约持续了一个小时。忽然，阿布停下来举起

6 树梢上的猎人

手。他们听见一种既不是鸟类也不是猩猩发出的声音。

不远的高处,传来树叶沙沙的响声,树枝的折断声,还有像是巨大动物发出的深沉喷鼻声。

"象群!"哈尔轻声地说。

这远远超出了罗杰的预料。

"我倒希望一次来一头,"罗杰对哈尔说,"昨天那头大公象我们都对付不了。现在来了一群,我们如何顶得住?"

"看来我们要依靠这些俾格米人。他们很了解大象的习性。"

罗杰不以为然地说:"你疯啦,大象一口就能吞掉三个俾格米人。他们真能对付大象?"

阿布这时又发出一个信号。所有的俾格米人像猴子似的呼的一下全上了树,并且以令人惊叹不已的速度爬到了树顶。

"瞧他们逃跑了,"罗杰低声对哈尔说,"把我们留下引诱大象。"

"我看不会的,他们爬得那么高是想看清楚远处发生了什么事。"

像小小的"人猿泰山[①]",这些俾格米人扯着藤蔓灵活地从一棵树荡到另一棵树上。他们向发出响声的地方迅速移去。在高处,他们就能看清这群大象有多少头,是否有雌象、雄象和幼象,准备在什么地方袭击它们,捕捉哪一头。哈尔和他的队员们快步跟了上去。

大象发出的噼噼啪啪声、尖叫声离人群越来越近。

[①] 人猿泰山:冒险故事集《人猿泰山》里的主角。这里指灵活健壮的男人。

树梢上的俾格米人兴奋地指指点点，相互打着手势。他们看见了象群。

阿布又发出了信号。俾格米人立刻拽着藤蔓从这个枝头跃上那个枝头，不一会儿全都聚集在阿布选好的大象上方的树梢上。

他们处于象群上头 80 英尺，如果大象能嗅出气味，也只是闻到同类的，因为小矮人身上涂满了大象的脂肪。若是还有人类的残留气味，也不会传到 80 英尺之下，微风早已把它带走了。罗杰此刻也承认这些俾格米小矮人非常聪明。

就在这个时候，哈尔的一个队员脚下被树根绊了一下，砰的一声跌倒在地。这回完了。

这一响声与大象进食时发出的嘈杂声相比，可以说是轻得微不足道。但是当一头大象在自己发出巨响时，它仍警惕地倾听着别的声音。

随着这一声响，树枝的折断声，嘎吱嘎吱的咀嚼声骤然停了下来，树林里万籁俱寂。刚才大象吃食时一片嘈杂声，现在，当它们怀疑有猎人追捕时，立刻安静下来，真是太妙了。

象群无声无息地散开了。如此巨大的动物踩在枯枝上竟然没有弄出任何声响。多少年来，这对博物学家来说，是一个解不开的谜。后来发现，大象的足底不是硬蹄，而是柔软并富有弹性的，上面布满小块肌肉及纤细的神经。如果踩着一块尖硬的石块，它的神经马上感受到，肌肉立刻收缩成凹形，刚好容得下这块尖石，它的皮肤就不会受到损伤了。一头大象如果喜欢它的主人，可以在他手上踏上一只脚，虽然大象有好几吨重，却不会伤着他的手。假如大象讨厌它的主人，一脚就能把他的手踩得跟纸片一般薄。

6 树梢上的猎人

大象进食时，不需要保持安静，它们随意地压碎、折断它们踏住的每一根树枝；然而，它们要不声不响地溜走时，即使踩在最脆弱的小枝上也不会弄断它们。一个人光着脚在地上走也不会有大象踏地那么轻，但是一头大象的重量是人的上百倍。

俾格米人是不会白白放走这群想偷偷溜走的猎物的。他们喊着叫着从树干上滑下来，从树梢上跳下来，从藤蔓上溜下来。

这喊声足以使象群惊慌起来。它们张开巨大的耳朵，挥动着长鼻子，发出愤怒的惊慌的尖叫。它们绕着圈子，但是无论转到什么方向，都会有小矮人在它们眼前跳动。大象想用威力无比的长鼻子拍打他们。长鼻子向他们站的地方抽下时，往往扑个空，小矮人早已跳开了。

7

俾格米人和箭猪

不好,一个俾格米人被大象的长鼻子钩住了。黑蛇般的象鼻卷着他的身子将他扔上了半空。大象等着他掉在地上就会补上一脚。然而,他没有落下来。吃惊的大象抬头一看,小矮黑人已经抓住树上一根横枝,翻身坐了上去。他对着长鼻子也够不着他的大象哈哈大笑。

大象最不喜欢被取笑了。整个动物王国中,大象几乎是唯一知道什么是"被取笑"的动物。树下这头大象愤怒了,它踏着脚,用钢铁似的前额猛撞着树干。这是一棵幼树,树根扎得不是很深,撞不了几下就砰的一声倒下了。大象赶忙在树枝丛中翻找它的猎物,但是俾格米人早已逃走了。

另一个俾格米人却没有这么走运。一头大象挥动巨大的高尔夫球棒似的长鼻子,向他猛抽过去,一下子把他抽上了天,在空中翻了几滚,最后落在两头巨象之间,被它们一挤,顿时失去了知觉。大象正要往下踩时,他已被几个机灵的俾格米人抓住,带到了安全的地方。一个巫医立刻为受伤的人治疗。

大象可以收缩鼻子上的肌肉,使原来柔软的鼻子变得又挺又硬,犹如一根结实的木棒,打在人或动物身上足以让他们丧命。

一个俾格米人两次逃过了甩打过来的象鼻子。当长鼻子第三次落下时,他忽然看见地上有个大食蚁兽的洞穴,便钻了进去,一下子没有了踪影。大象不见了猎物，便拼命用鼻子在地上抽打着，用长牙去挖那个洞穴。它又用它的长鼻子，这回，足足有8英尺长的鼻子终于卷住俾格米人的脖子将他往外拖。只要大象把他拉出洞口，再使劲地一勒，他就没命了。说时迟那时快，俾格米人抽出小刀，将刀尖刺进了象的鼻尖处。

大象身上有两处最敏感：足底及鼻尖。只要其中一处遭蛇咬，它就会死掉的。如果用刀子戳刺，它也会痛苦万分。

这时，由于刀尖的刺痛，大象赶紧放开它的猎物，抽出鼻子放进嘴里吮着，就像小孩子把弄伤了的指头放进嘴里一样。

大象并不因此停下来，它更生气了，发狂地将泥土拨进洞里想堵住俾格米人。俾格米人并不担心，他知道他的同伴们会来救他出去的。不过，这次他可没想到洞里还有其他的动物，食蚁兽造的洞穴往往是其他动物，如狐狸、豺、獾、蛇、野猫及野猪宿住的地方。

食蚁兽不在洞里，但却有一头箭猪，一头极大的、脾气不怎么好的箭猪。它最不喜欢那些不速之客来分享它的"家"，而且事先也不说一声："我能用你这个洞吗？"

箭猪并不能射箭，只是碰上了它身上的"箭"才会被刺。如果它正面向你冲过来，身上的刺也扎不到你，因为它所有的刺都是向后的。如果它的屁股朝你攻来，就得小心了。

这头箭猪的好梦被打搅，实在不悦，它转过身子，用臀部顶住"入侵者"，顿时俾格米人大声号叫起来，原来他的屁股上被插进了几十根尖尖的刺。

他拼命扒开头顶上的泥土，他的同伴也在上面挖，幸好，一

7 俾格米人和箭猪

会儿就把他拉了出来。一看他的模样,大家不禁哈哈大笑。

俾格米人的屁股像是一块大的针插,上面满是黑白相间6英寸长的刺。他呻吟着,赶紧跑去急救。巫医将一根根倒钩在肉里的刺拔出来时,他痛得哇哇大叫。巫医用泥巴敷在伤口上,盖上桦树皮,用藤蔓包扎好。

过了不到5分钟,这个俾格米人似乎把刚才发生的事忘了,又返回去斗象。

俾格米猎人选中一头巨大的母象。

"我看我们永远也得不到它,"罗杰对哈尔说,"昨天那头已经够大了,现在这头更大。"

"是我们所见过的四条腿动物中最大的,"哈尔同意地说,"它就跟一个高个子站在另一个高个子头上那么高。我看它起码有12吨重。"

罗杰摇摇头,说:"我不能相信。陆地上行走的动物能有这么重的?"

"哦,你不相信?你忘了,在华盛顿博物馆,我们曾见过一头比这还大的象。"哈尔说。

罗杰想起来了,说:"这次算你赢了。不过我敢打赌,今天这头庞然大物,我们肯定赢不了它。"

"这次我不和你打赌,因为我怕你会说中了。"哈尔一边说,一边看着阿布正用长矛挑逗着那头母象,要把它与其他的象分隔开来。"这么小不点的人能够打败小山似的大象?就像一只老鼠进攻一头狮子,一只松鼠袭击一头熊那样,阿布能赢吗?他瘦小的身子还没有象的脚踝高呢!"哈尔思忖着。

8

活埋

这时哈尔看见阿布遇到麻烦了。

当阿布转身给他的人下命令时,大象瞅准机会,想用身体压住这只讨厌的"小老鼠"。大象从长久的经验知道,任何人和动物都受不了这一招,没有哪个能活着出来的。

大象转过身子,往阿布身上坐下去。

"小心!"哈尔喊道,同时跃了出去,一下子将阿布从快要落下的大象身下撞出老远。翻了几个滚的阿布迷迷糊糊从地上站起来,不知道发生了什么事。

这时该哈尔麻烦了。他本想跳开,躲过那排山倒海般压下来的大象,也的确跳开了,但就差了那么一点点。他的左脚连同靴子被压在大象身下。他扭来扭去,左脚还是挣不出来。他能解得开鞋带吗?看来又要损失一只靴子了。

不过这次大象要的不是靴子而是整个的人。哈尔的手就要碰到鞋带了,突然他觉得一条蟒蛇似的东西拦腰将他卷住,他的呼吸顿时困难起来。

大象站了起来,将哈尔高高举起,又重重地扔在地上。这里没有厚厚的青苔垫子,所以,哈尔一摔在地上就顿时昏了过去。他觉得一头天上的大象压在他身上。

昏眩的脑袋渐渐清醒过来,哈尔意识到自己正躺在地上,大

8 活埋

象的长鼻子从头至脚在他身上抚摸着。他微睁开一只眼,看看周围发生了什么。

没有人走过来救他。人们只围在四周,静静地注视着他和大象。罗杰想跑出来救他哥哥也被阿布挡了回去。

他明白了,原来大象以为他已经死了。这个时候如果有人走近他们,大象就会发怒,真的会踩死他。人人都默不作声,他也要静静地躺着,一动也不能动。

不过,任由那像手似的鼻子在身上晃来晃去而保持绝对不动很不容易。非洲象的鼻子很像人的手,因为它的鼻尖处有两只"手指"。它们摆弄哈尔的耳朵、鼻子,卷起他的一只手又扔下。哈尔感到这指头的力气要比人指头的力气大得多。很显然,大象这样做是想证实它的猎物是否真的死了。

哈尔想过突然滚离开去,也许得以逃脱,不过他更清楚,大象并不像它的外表那样笨拙,只要哈尔稍稍一动,那条鼻子就会闪电似的飞快抽下来或者用一只象牙立即戳穿哈尔的身体。哈尔唯一的选择就是装死,要装得很像很像。

寂静,死一般的寂静。哈尔又微微睁开眼,他发现所有的人,连同所有的大象都伫立一旁,一动不动,看着这场表演。

哈尔算是走运,站在他面前的是一头大象,而不是一头犀牛或水牛。那些动物是不会对死了的猎物无动于衷的,它们会将全部怒气发泄在猎物身上,将猎物踩成粉末,撕成碎片。

大象不那么残忍,它比任何野生动物的心肠都好,甚至好于驯服了的动物,也许仅猫狗除外。有人还说,大象有比人类更好的心肠,因为从来没有过成群的大象去追赶和残杀其他成千上万的生物。人类呢？在他们的历史上，却不止一次地追捕和杀戮他们的同类及其他生物。

哈尔这时感到自己的身体被卷起举在半空。他闭着眼，竭力使身体保持僵直，像一具死尸。

他猜到下一步将是什么。他曾经有好几次在书中读过，大象有埋掉死者的习惯。

一头大象，如果它的幼象死了，它会用鼻子或长牙将尸体托起带到林中僻静处轻轻放下，然后用树枝和泥土将它盖上。为什么要这样呢？人们猜测，也许是它们不愿意让这些尸体被豺、鬣狗或秃鹫吃掉。

即使是大象的敌人，如果它死了，大象也是这样对待它的，因为大象将敌手打败后怒气也随之消失了。

这是一个多么奇异的送葬队伍啊！被象鼻子卷住朝墓地走去，哈尔差点笑出声来，他仿佛听见他对自己的孙子们（如果他将来有的话）说："送我去墓地的事儿多么滑稽有趣。"

大象把哈尔放在地上，不是扔下也不是摔下，而是轻轻地放在一张落叶堆起来的"床"上，长鼻子松开，抽走了。

树叶纷纷落到他的脸颊上、下巴上，搔得怪痒痒的，哈尔又不能拨开，因为只要他一动，立即会招来大祸。大象一旦感到被愚弄，它的温驯立刻会变成愤怒，它会把哈尔重新卷起来，将他的脑袋朝树干猛撞过去的。为了活命，哈尔现在只能装死。

这时，大象又扔下许多大大小小的树枝。开始，哈尔四周仍有些间隙，还可以呼吸。枝条越落越多，哈尔感到身上越来越沉重，脸上胸上被压得死死的。为何大象放上这么重的东西呢？也

8 活埋

许是为了不让它的猎物轻易地被豹子之类有劲的野兽刨出来吧。

树枝压着树叶紧紧盖住了哈尔的脸,堵住了他的耳朵和嘴,使他难以呼吸。还能坚持多久呢?他就要失去知觉,而且再也不会苏醒过来了。大象的好心肠反而会要了他的命。

这个"死亡游戏"玩得太过分了。也许他应该在没有完全被闷死之前用力掀起身上的重物?

他拿不定主意。他感到呼吸越来越困难,好像就要昏睡过去。他似乎记不起他在什么地方,只觉得自己的身体正往大海的深处悠悠忽忽地沉下去。他静静地躺着,任由它去。

突然间他觉得脸上,手上,衬衣里面,大腿上下,裤子里面被什么咬着,一阵阵刺痛,他猛地清醒过来。

大象有时也会将事情弄糟的。刚才大象把哈尔放在柔软的树叶下,但它没有看到树叶下面是一窝大蚂蚁。这个时候无数的蚂蚁正在哈尔身上肆无忌惮地爬来爬去叮咬着。哈尔正需要刺激,他终于从昏睡中清醒了过来。

真是不可思议,刚才他几乎被非洲最大的动物弄死,如今他又被一种最小的昆虫蚂蚁救活。

蚂蚁在他身上咬得更厉害了,大约有好几百只。他不能再忍受下去,什么别的折磨也要比这个好受些。

他奋力一挣,从盖着的树叶中钻了出来,抬头一看,正好对着大象惊愕的双眼。哈尔不顾一切跃起来,飞快地朝外跑去。大象发出一声令人胆战心惊的吼叫,也紧紧跟着追上去。

9

"巨人"杀手

哈尔意识到这样一跑太鲁莽了。

有经验的猎人说过,千万不能从大象面前跑开。大象奔跑的最快速度是 25 英里每小时,连奥林匹克运动会上的跑步选手也为之逊色。

俾格米人也是出色的短跑家,他们跑起来时瘦小的身体好像在飞。这次,正是俾格米人救了哈尔的性命。

两个跑得飞快的年轻俾格米人赶上了大象,并紧跟在大象的脚后跟处。他们靠得这样近,稍不留神就会被大象一脚踢上天。他们各自用小刀分别在大象两条后腿上划了一刀。

跑在稍后的罗杰,不明白这有什么用。这么划两刀不可能令一头如同火车头般飞奔的大象停下来。

那两个矮小的猎象者知道自己在干什么。几百年来,俾格米人就是用割断大象后脚跟腱的办法来阻止大象前进的。

果然,大象痛得嗥叫起来,脚步开始不稳,继而跌跌撞撞,终于停了下来。大象的两条后腿向旁边歪去,无力地颤抖着。由于从大腿根部一直连下来的绳子般粗的坚韧的腱被割断,大象的双腿就失去了控制。

大象吼叫着转过身攻击这两个俾格米猎人,不过他们每次都灵活地躲过了。他们用不着担心,因为大象只能拖着受伤的后腿

9 "巨人"杀手

蹒跚地跟在后头。

往前奔跑着的哈尔,以为颈背上就要感到大象热烘烘的呼吸,脊梁上就要被一只象牙尖顶着,但是什么也没发生。他回过头来看看是怎么回事,顿时他松了口气。转眼间,他得救的喜悦变成了悲哀的失望,因为他要活捉的珍贵大象成了跛子,走起路来跌跌撞撞东歪西倒。

他赶紧跑到大象身旁。当他看见大象脚上的刀伤时,哀叹着这头美丽的大象再也不能到动物园去了。事实上,它哪里也去不了。它要忍受可怕的痛苦,它不能到处觅食满足它每天所需要的600磅的食物,它也去不了水塘喝水。它要么渴死,要么饿死。

哈尔心里一阵难受,大概就像刚才大象相信他死了时的那种感受吧。

其他的人都围了过来,阿布也在当中。

"你们为什么要这样对待它?"哈尔生气地斥责他们,"你们知道我要的是活的大象。"

阿布听了十分愕然:"他们是为了救你。你说,哪个重要?"

哈尔感到一阵羞愧。

"当然,他们是迫不得已才这样做的。我非常感激他们救了我,"他看了一眼正在痛苦呻吟的大象,"我希望能为它做点什么。把它的断腱缝合起来是不可能的了,即使它愿意站着不动让我动手。还是让它早点结束痛苦吧。乔罗,把枪给我。"

"省下你的子弹吧,"阿布说,"我们来。"

这时象群走上前来,一头小象嗥叫着奔到这头受伤的母象跟前,用它小小的长鼻子抚摸着大象,发出伤心而又充满爱的叫声。小象的到来似乎使受伤的母象得到安慰,它把鼻子搭在小象身上长久地抚弄着。

"一定是它的孩子。"阿布说。

"如果我们杀了它的母亲,它会怎样?"罗杰问。

阿布答不上来,不过他也不急着去想。他招呼一个拿着长矛的俾格米人。

"由他来杀掉大象。"他对哈尔说。

"他一个人?"

"他一个人。"

"他太年轻了,"哈尔反对阿布的意见,"你必须找一个有经验的猎手。为什么只用一个人?你有70人,为何不叫他们一起上?"

"你不懂,"阿布答道,"这是我们民族的习俗。这个青年人打算结婚。但他必须首先证明他是一个真真正正的男子汉。他要在没有别人的帮助下杀死一头大象。"

哈尔知道不能随便干预一个部落或一个民族的风俗习惯。但是,一个男孩,只用一根长矛,就能刺死一头巨象?

这位年轻勇士的长矛是一根不到一米长的竹竿,顶端有一块宽宽的镞头。用这样小的武器进攻大象宛如用一支织毛线针对付一头狮子。而且,拿矛的勇士还没有矛高呢。

一个白人猎手如果不是带着一支子弹可以穿透石墙的猎枪,他无论如何也不敢面对大象。而且,他还要朝着大象连开几枪才能将它打倒,因为子弹很可能碰上大象坚实的厚皮或骨头而斜飞

9 "巨人"杀手

出去。

小山似的大象身上只有两处能被子弹造成致命伤,一处是脑子,另一处是心脏,而子弹能穿过其中一处的机会是极小的。

这位勇敢的猎人举起长矛向大象走去。

母象将小象推过一旁,转身面对走近前来的矮小猎人。它张开大耳朵,挥动着长鼻子,发出警报器那样的尖叫。勇敢的俾格米猎人没有被吓住。大象又想迎上前去,但它的后腿不听使唤。它只好抡起鼻子向他砸去,要是让这条"黑棒"打中,准保丧命,俾格米猎人每次都灵活地躲开了。

他跑到大象的后头,它也立即转过身子对着他。猎人又绕到大象身后,大象也跟着转过去。呼的一声一根象牙撩进了猎人的肩膀,划了一道半英寸深的口子。要是其他猎人,恐怕早就吓坏了,而这个年轻的猎人一点也不在乎。

他忙着对付大象,全然不顾自己的伤口。这时小象也加入了进来。这是一头健康的幼象,足有半吨重,它的象牙很短,但很锐利,猎人尽量避开它。

象群里的其他象尖叫着,吼着,有几头勇敢些的试图冲过由俾格米猎人和狩猎队队员组成的防线。如果它们冲过去,这个猎人就没命了。象群一步步压过来,人们不可能坚持很久,他必须赶快动手。

猎人又一次绕到大象身后,他没想到小象反而帮了他一把。母象正要转过身来时,小象挡住了它的路,这么一瞬间的延误,正是猎人需要的。

他不失时机地从大象后腿之间钻了进去,举起长矛对准大象

9 "巨人"杀手

肚子刺去,然后继续向前跑去,大象的肚子被长矛划开一条6英尺长的大口子。

这是子弹达不到的效力。子弹穿过肚皮柔软的皮肤,只留下一个小洞,就消失在巨大的腹腔里了。俾格米人一向用这个办法捕杀大象。

青年猎人满面笑容走了出来,他的长矛已经断了,肩膀也受了伤,大象倒下时,他还被它的前足踢了一脚。

这又有什么?值得骄傲的是他杀死了大象,成为一个真正的男人,他有权组织家庭了。

10

关于大象

欢呼雀跃的其他俾格米人蜂拥而上,差点没把刚从大象胯下出来的猎人撞倒。

如果说俾格米人用膳时的举止不够斯文,请原谅他们。他们饥饿时,是没有超级市场可进的,不过他们可以捕杀大象,这样的机会并不多。他们常常一连几天甚至几个星期都在挨饿。所以,当有大量的食物摆在他们面前时,就不要指望他们会是斯斯文文的食客了。

有时候他们把肉煮熟了才吃,但更多的时候是生吃,因为他们已经等不及生火烹调了。

"看着俾格米人围着大象忙乎着,哈尔向弟弟介绍起大象来:大象的心脏有1英尺宽,比一个俾格米人还重。它是大象的发动机,所以一定要这么大和强壮才能带动它那庞大的机器。它能产生几吨的压力,从心脏流出来的血有如救火龙头射出的水一样强劲。"

"那么它的心脏一定跳得很快,否则不会产生这么大压力的。"

"恰恰相反。的确很奇怪,大象正常的心跳速度大约每分钟只有30次,比我们人类的70或80次要慢得多,可是它们比我们强壮几百倍呢!"

10 关于大象

"心脏不会非常可口吧?"罗杰又问。

阿布听见罗杰的发问,走过来说:"不怎么好吃,很硬。不过人们认为大象有非凡的勇气。我们相信,只要我们吃了大象的心脏,我们也就会变得和大象一样有勇气。"

突然间,一股近乎清澈的水猛地从大象体内流出来。

"一定是有人不小心用刀把大象的水囊扎破了。"哈尔说。

"水囊?什么是水囊?"罗杰好生奇怪。

"一个用来存水的特殊器官,跟骆驼的一样。如果有充足的水源,一头大象一天要喝50加仑①的水。遇上干旱季节,它就喝不到这么多水,因此它必须平时将水贮存起来。难道你没听说过一些快要渴死的猎人打死大象取水吗?当然这水不怎么好喝,不过总可以解渴。"

"我宁愿不喝。"

"口渴难忍时你就不计较了。大象口渴时,如果附近没有水塘河溪,就喝这些贮藏起来的水,或者将水喷在身上凉快凉快。"

"它怎样将水取出来呢?"

"简单得很。它只需将长鼻子伸进喉咙一吸,水就顺着进入鼻子。它的鼻子一次可以装4加仑水。它能把水喷向上空,让水点落在自己的背上,也可以将水喷向它的敌人。别小看它,这股水的力量足可以把人喷倒在地。如果取笑大象,保准被浇个透。"

阿布插了进来,说:"有一次,我们在草地上点火围阻大象前进,但它们用水囊里的水将火喷熄,逃走了。"

---

① 加仑:1 加仑约等于4.5升。

"真聪明!"罗杰赞叹地说,"看来,它们的鼻子挺有用呢!"

"是的,"哈尔答道,"它们用鼻子进食,用鼻子拥抱、亲吻,还用鼻子打仗。大象的鼻子可以掀起薄薄的一层草皮,也可以抛起一块成吨重的石头。不过,大象鼻子的尖端很娇嫩,就像一个女孩子的指头或蜂鸟的舌头。它的威力很大,若往你脑袋的一侧抽去,不打个开花也要让你耳聋一辈子。在古代,大象常常被训练用作行刑者,用它的长鼻子把定了死罪的犯人的头颅敲碎。"

"象的长鼻子是不是真正的鼻子呢?"

"当然是的。不过这个鼻子太有用了。象鼻子为什么这样长还有一段故事呢!"

11 长鼻子的故事

"据说，很久以前，"哈尔继续说下去，"大象的鼻子和你、我的一样，都是普通的短鼻子。有一天，一头大象到河边饮水，遭到一只鳄鱼的袭击。鳄鱼突然将头伸出水面，张开血盆大口，猛地一下咬住了大象的鼻子。鳄鱼紧咬着不放，用力将大象往水里拖，大象死死撑着往回拉。双方都很强大健壮，唯一不坚硬的地方就是大象的鼻子。它逐渐被拉长了，1英尺、2英尺、3英尺、4英尺，鳄鱼还是不松口。双方就这样对拉着，僵持着。白天过去了，夜晚也过去了。初升的太阳惊讶地看到大象的鼻子竟有8英尺长。

"鳄鱼越来越支持不住，突然，大象猛地一用力，将鳄鱼拉上了岸。鳄鱼挣脱了，想逃回水中，这时大象用它的新鼻子一卷，一下就把鳄鱼卷起来摔死了。

"大象跑回自己的象群，但是其他的大象都取笑它的模样，不和它接近，自顾吃自己的早餐——地上嫩绿的青草。不过，为了吃到这些美味的嫩草，它们只好跪下来。那只长鼻子大象却不用跪下。它十分轻易地用它的长鼻子扯起这些草，然后又用长鼻子将它们送入口中。象群的头顶上有许多看起来非常鲜嫩可口的树叶，其他的大象够不着，只好望着咽口水，而长鼻子大象却非常轻松地用鼻子摘下来给自己、妻子、儿女和它的好朋友享用。

"于是那些短鼻子大象不再取笑它了。它们也需要这样的鼻子,它太有用了。它们纷纷问它是从哪里得来的。于是它推荐了鳄鱼。这样鳄鱼就开始替象群中的每一头大象拉长鼻子。其他象群看见它们的长鼻子这么有用,也都前来请鳄鱼帮忙。就这样,非洲所有的大象都成了今天这个样子,都有一条又长又有力而且又非常有用的长鼻子。"

俾格米人把象鼻子送到了阿布酋长跟前。他非常高兴地收下。

"这条长鼻子对阿布有什么用?"罗杰问。他从来没有见过如此令人恶心的东西。

哈尔刚想回答,阿布开口了:"嗯,就像你们的什么牛尾汤,味道甚至更好。怎么样,给你们一些吧。"

"我几乎等不及了。"罗杰慌忙说。他打算等汤来时一定要想个办法溜到别处去。

成群的俾格米人像蚂蚁似的挤在大象的躯体上,砍的砍,劈的劈。偶尔,外面人的刀子穿过大象躯体刺伤了正在大象体内忙碌着的人。

大象的皮大概有 1 英寸[①]厚。每一小块皮都被仔细地保存起来,留着以后熬汤。哈尔说:"一些皮晒干了,可以做成容器,用来盛谷物或其他食物。"

"你怎么知道得这么多?"罗杰感到很奇怪,"别人一定会以为你是和大象一起长大的呢。"

---

① 英寸:1 英寸=2.54 厘米。

11 长鼻子的故事

罗杰常常使他哥哥很开心,有时也捉弄他,不过他是真心实意地尊敬他。他知道,他的哥哥为了成为一个博物学家,曾是多么刻苦用功学习。像其他和他年龄相仿的年轻人贪婪地吞吃冰淇淋和甜饼那样,他如饥似渴地吞食科学知识,决心了解动物的习性、结构、变化以及活动等情况。然而,哈尔从来都是很谦虚的。

"要学的东西太多了,"哈尔对阿布说,"我要问的问题比我所知道的答案多得多。"

"大象的牙齿好像随时都要脱落似的。"哈尔说。

"如果它们总是那样松动,"罗杰问,"不是很快就会掉下来?那么大象怎样吃东西呢?"

"能吃的,"哈尔让他放心,"只有新牙长出来,那些旧牙才会脱落的。大象的一生中,会换6次牙。"

"为什么要换那么多次牙?我可用不着。"

"你吃的是软质食物。"

"它不也是嘛,草和树叶。"

"这些远远不够填饱它的肚子。它还要吃许多嫩枝条,植物的茎梗,树枝和树皮。有时候实在找不到食物,还要啃坚硬的树桩。每天它有20小时是在咀嚼食物。这样,它的牙齿磨损得很快,又没有牙医给它装上一副假牙,于是大自然给它造就了这么一个本领:自己长出新的牙齿。大象甚至活到100岁时,仍有满口的好牙。"

现在俾格米人开始撬那两条巨大的象牙了。每条象牙重150多磅,长约9英尺。

"谁会得到象牙呢?"罗杰问,"是阿布酋长吗?"

"不。我请你们收下这副象牙。"阿布说着,向两个男孩有礼貌地鞠了一躬。

"但是,"哈尔说,"象牙是大象身体上珍贵的部分。你们卖掉可以得很多的钱。"

"钱?俾格米人是不用钱的。为什么我们需要钱?大森林赋予我们所要的一切。"

"瞧瞧那副象牙。我敢说,它们是世界上最大的。"罗杰说。

"大多数的巨象已被捕杀了,所以这头大象的象牙也可以算得上创纪录了,但是,过去有许多象牙都是这么大或者更大的。世界上目前最重的那个象牙保存在英国的博物馆里,竟有220磅,而记载的最长象牙是11英尺5英寸半。想象一下,长着这样的象牙,该会是什么样子。"

"但它们并不是真正的牙齿吧,只不过是我们这样叫罢了。"

"我们把它们叫作象牙是为了将它们与其他的牙齿加以区别。实际上,它们也是真真正正的牙——门牙,就跟你嘴里的牙一样,不过它们长在嘴外,而且大400倍罢了。"

看着那头小象,罗杰说:"太残酷了!这头大象一定是它的母亲。不过好像不可能,因为母象该是没有长牙的。"

"你搞混了。你是在说印度象。"

"嗯,它们有什么区别吗?"

"当然有许多不同之处。非洲象要比印度象高出4英尺,体重则是它的2倍。非洲象的头抬得高高的,不似印度象那样总低着头。另外,非洲象的耳朵宽度是印度象的3倍,张开时有如海

11 长鼻子的故事

盗船上的风帆。非洲象的公象和母象都有长牙，是印度象长牙的2倍。还有，非洲象的长鼻子尖端有两个突出小块，和人的拇指、食指差不多，可以夹起东西；而印度象的鼻子尖端只有一个突起小块，并且远不如非洲象的灵活。非洲象在各方面都要胜过印度象。"

"既然非洲象这么聪明，为什么马戏团不用它们呢？"

"因为它们的性子太野了。它们会挣断束缚而伤人。印度象比较容易驯服，听从命令，非洲象却我行我素。动物园要非洲象，可以将它们关在棚栏里；马戏团却必须用不会伤人的动物。一头印度象随马戏团走在大街上，温驯得就像只小猫；要是非洲象上了街，那还了得，它们会大吼大叫，甚至会发怒，冲过人群撞进商店橱窗。马戏团不要非洲象的另一个原因是，它太昂贵了。他们只要花上不到5000美元就可以买到一头上好的印度象，而一头非洲象起码值1万美元。"

"我看你是想说，我们的父亲因为我们活捉不到这头大象而损失了1万美元，是吗？"

"你说对了。"

两个男孩沉默了一会儿，好久没有作声。

"我想象不出它们这么值钱。"罗杰说。

"还有比这贵一倍的呢。日本东京动物园想要一头大象。他们答应，如果给他们捉到一头白象，他们将奖励我们5万美元。不过，要逮一头活白象，机会是极小的，大概是千分之一吧。看来，我们连一头黑象也没捉到呢！"

罗杰忧愁地摇摇头："我想在这个月亮山里，我们是注定要倒霉的了。"

突然，罗杰高兴得欢呼起来。那副巨大的象牙已被完整地挖了出来，并排地放在他和哈尔面前。洁白的象牙泛着迷人的光泽，真是一件极为珍贵的赠品。哈尔向阿布说了一些感谢之类的话。

象牙还没有被彻底地弄干净，里面各有一条神经，这是一定要取出来的，否则象牙会腐烂掉。

看，一条鲜红色果子冻似的海绵状长条取出来了，它的一端有一个人那么粗，然后逐渐变细，另一头只有铅笔尖般大小。

罗杰惊叹道："这么粗的神经啊！如果受到损伤，牙痛起来真不得了。"

"确实如此，"哈尔说，"如果它被子弹射伤或者因其他原因受损，大象会痛得发疯的。"

"我看我们这矮朋友也会吞食这条神经的，因为它会让他们变得沉着果断。"

"恰恰相反。他们连碰都不碰一下，因为他们认为大象的牙痛会传给他们。想想看，如果大象的牙痛发生在这些人嘴里，多疼啊！"

"那是他们的迷信罢了。"

"是的，我也是这样想的。不过，大象的牙神经里一定有什么东西，不然为什么狗都不吃，连苍蝇也不往那上面叮？"

看来哈尔没讲错。罗杰注意到，成群的苍蝇伏在大象的躯体壳上，却没有一只停在牙神经上。这其中的奥秘至今没有人能解释。

11 长鼻子的故事

阿布说:"如果我们当中的一个人做了坏事,我们不把他投进监狱。实际上他倒喜欢那样,因为他可以不干活,由我们养活他。你知道,在丛林里是很难觅食的。我们不能把省下的食物给坏人吃。"

"怎样处置他呢?"

"把他交给巫医。巫医给他念咒语,然后让他喝一种苦汁,这样他就死去了。"

"你们这样做会不会太狠了?"罗杰问。

"狠?是的,我们是狠。但是,大森林里的生活是很艰难的,我们一个月,有时甚至两个月,才能捕到一头大象,不到两天就吃完了,我们又得挨饿。你们知道挨饿的滋味吗?你们当然体会不到。在你们的国家里,有数不尽的食物供好人和坏人共同享用。你们养得起坏人,我们却不能。"

哈尔点点头。的确,不仅是俾格米人,许多人还过着艰难的生活。除了饥饿威胁着他们,还有战争。现在,1000英里外的地方,就正在打仗。月亮山地区目前没有什么麻烦事,但谁能料到什么时候也许会有灾难降临呢?

12

罗杰做了象妈妈

那头小象在它母亲的骨架子旁哀声嗥叫着。它用幼小的长鼻子钩钩那光秃秃的肋骨,又用它的前额轻轻推推,发出询问似的声音,好像在说:"你为什么不站起来?为什么不给我准备午餐呢?"

它寻找曾给它新鲜温热奶水的奶头,但触碰到的仍是骨头。它生气了,但还是不断用鼻子敲着母亲的骨架子,用幼牙拨弄,不时发出痛苦的尖叫。当这一切都没能唤醒它的母亲时,它又变得温驯起来,像蝴蝶轻吻花儿那样,它又用长鼻子轻抚着那巨大的空头颅,然后顺着下去找母亲的鼻子。当然,它不会找到了。它是多么的伤心,多么的悲哀,因为大象是用鼻子互相亲吻、拥抱及保护幼小的。

"可怜的小象。"罗杰说着,开始向小象走去。

"不要过去!"阿布大声喊道,"小象麻烦事多。快回来!"

"他是想告诉你,"哈尔跟着喊,"那头小象的情绪太坏了,可能会伤害你的。"

"让我试一试吧!"罗杰坚定地回答。

"你知不知道,你要对付的是一头半吨重的小象,"哈尔警告他,"如果它把你撞倒,再在你脸上踏上一脚,那么你躺在棺材里的样子也不会好看。它的象牙虽然只有 2 英尺长,不过也足够

12 罗杰做了象妈妈

从你身体一边捅进去，从另一边出来。小心点，我的弟弟。"

当罗杰走到小象一旁时，不觉大吃一惊：原来是头好大的象。刚才，远远看上去，和它巨大的母亲相比，它似乎很小，实际上，它并不小。它站立时和罗杰一般高，但大约有 10 个罗杰那么重。

小象的长牙很尖，令人害怕。刚才看上去似乎很短的鼻子也有 1 码那么长。罗杰心想，如果它抽一下，也不亚于职业拳击手猛力的一拳。

小象的脚如同拳击手套一样大，不过它的力量却不是戴着手套挥拳的拳击手所能相比的。

小象见到罗杰走过来，猛地一转身，朝他冲过去。罗杰站住了，小象也停了下来，这时它的象牙只离罗杰的脸不到两英尺。罗杰竭力不使自己露出惊慌的神情。不过他听到自己的心在激烈地跳动。

他镇静地对着小象说："小宝贝，别怕，没有人会伤害你的。你需要一位妈妈。你看我怎样？做你的妈妈好吗？"

小象看起来不知如何是好。它的本能是保护自己，保护它的母亲，不过它对面前站着的两条腿的动物有点害怕。

最终，它还是鼓起勇气向罗杰冲过去。它低声地吼叫着，小小的鼻子在空中打着转，猛地朝罗杰的肩上抽过去。罗杰一下子四脚朝天摔倒在地上。

哈尔正要跑过去扶起罗杰，罗杰却示意他走开。

罗杰心里很清楚，小象也许会踩上他一脚的。但本能驱使他躺着不动。他记起有一次打架，把一个他曾经惧怕的男孩子打翻

12 罗杰做了象妈妈

在地,那以后他再也不怕那个男孩了,只是想和那个男孩交朋友。

说不定这头聪明的小象也会这样,要和他做朋友呢。小象不会怕他的,因为他一个人躺在那里,没有人过来帮他。

小象抬起拳击手套似的前脚正要往罗杰的脸上踩去,罗杰机灵地滚到一旁,象脚踏了个空,踩在地上。

象鼻子在罗杰的头上晃来晃去,鼻尖的两个指头触到了罗杰的脸和胸膛。

罗杰一直在轻轻地说着一些什么也不是的甜甜话语。

然后,他慢慢地抬起手,碰碰小象的鼻子,它马上缩了回去。过了一会儿,它又伸了过来,摇晃着,寻找着。后来,它竟然伸进了罗杰的外套上的口袋。

罗杰再一次抬起手轻轻地爱抚着小象的鼻子,并在上面稍稍停了一下,然后又温柔地抚摸着。

他知道,大象是用鼻子接受或表达爱的。两个好朋友会长久地将鼻子缠在一起,求得安慰和给予安慰。幼象来到世上接触的第一样东西就是母亲的长鼻子以及它的抚爱。一头生病的大象受到同伴们的关怀,它们用鼻子赶走围来的秃鹫,用鼻子吸来凉水给它喷淋,或者用鼻子取来泥浆敷裹它的伤口。一头快要死去的大象,在它的最后一刻,如果它受到象群尊敬的话,其他每一头象都要用鼻子轻轻地碰碰它,表示敬意。

小象不再找它母亲的鼻子了。它稳稳地站在罗杰面前,似乎在考虑该不该接受这完全陌生的爱,但又是熟悉的爱。

突然,它惊叫着跑开,又回到它母亲的躯体旁。它轻轻地碰碰那堆骨头，但还是得不到爱抚。它站在那里，低垂的鼻子前后甩着，身子左右摇晃，眼睛里全是泪水。好可怜啊！大象是为数不多真真正正会哭的动物之一。

罗杰小心翼翼地慢慢直起身子。一会儿，他又站在小象跟前，又开始温柔地对它说着什么。当然小象是不会听懂的，不过它能感受到这话音里的感情。

罗杰还是大胆地去摸摸象鼻子，并且将手逐渐移到翻动着的大耳朵上，小象没有反抗。罗杰又替它搔搔两耳后面、颈部，再顺着脊背骨一直摸到躯干的两侧，不时停下来替小象捉去身上的虱子。虽然大象的皮厚达1英寸，但里面布满神经，即使最小的昆虫叮咬也能感觉到。

小象似乎对这种殷勤的搔痒捉虱很满意，罗杰感到他就要赢得小象了。忽然，在旁的其他大象齐声吼叫，吸引了小象。它的同类在呼唤，它必须回到它们中间去。

小象飞奔而去。在旁观看的人立刻给它让出一条通道，它回到了它的叔叔、婶婶，它的邻居，它的朋友中间。它们簇拥着它，似乎是为它的归来感到高兴。

突然，事情来了个180度的大转变。象群散开，大象纷纷四处跑开，剩下那头小象孤零零地留在原处。

它难过地低声叫着，然后跟着一头母象，大概是它的一位婶婶吧。但它一靠近，那位婶婶马上转过身来，挥动着长牙，凶狠地把它赶开。它又跑到别的大象跟前，同样地被它们赶跑了，似乎它们和它已断绝了关系。

"这是怎么回事？"罗杰感到很奇怪，"好像这头小象不是属

12 罗杰做了象妈妈

于它们一群的。"

"对!它现在不属于它们了,"哈尔答道,"都是因为你呀!"

"我?我怎么啦?"

"你用手摸过它。"

"那有什么关系?"

"你的气味不太好闻,连被你摸过的小象也变得难闻起来。"

"我那么难闻?"罗杰大声抗议,"今天早上出发前我才做了海绵擦身浴,怎么一下子变得难闻了呢?"

罗杰知道他哥哥是在戏弄他,不过他并不计较。

哈尔眨眨眼,笑嘻嘻地说:"当然,对我来说,你的气味并不难闻,因为我已习惯了它。小象也不觉得怎样,因为它还小,但这骗不了那些成年的大象。"

罗杰有点不耐烦了:"不要再开玩笑了。快告诉我这究竟是为什么?"

"好,我告诉你,"哈尔收起笑容,严肃地说,"这是因为大象讨厌人的气味,但不能责怪它们。多少年来,它们一直受到人类的袭击。由于次数太多了,所以大象一闻到人的气味,不是反击就是逃跑。只要有人的气味,就意味着死亡,至少也有危险。小象不懂得这些,但成年的大象再清楚不过了。它们和猎人周旋得越多,就越憎恨人的气味。"

"但我只是摸了一二分钟。"罗杰申辩道。

"那就够了。大象对气味是非常敏感的,而且它们很懂得辨别不同的气味。如果顺风的话,它们能嗅出 1 英里以外人的气味。"

罗杰埋怨地说:"你应该在我抚摸大象之前就告诉我。"

"我不告诉你是因为我认为你那样做是对的。那群象是不会要回小象的了,但是我们可以把它留下来。或者更确切地说,你把它留下,你已成为它的妈妈了。不过我得告诉你,你自找的这件差事可不是容易干的。你既要疼爱它,又要喂养它。它可是比你大10倍啊!"

"我想我当不成妈妈了,"罗杰默默地说,"它不会再回来了。它已忘了我的存在。"

大概罗杰说对了。小象背向人群,孤零零地站着,对着象群发出低低的哼叫声,似乎是向它们哀求,请它们收留。

突然间,它转过身子,大声吼叫着,向罗杰他们飞奔而来,冲过人群,在罗杰跟前停了下来。

"它终于回来了,"哈尔对罗杰说,"现在它真真正正认你做养母了。"

陷阱

"快来看啊,我们捉到了一头大象。"

是阿布酋长在喊。哈尔却难过地摇摇头,这算什么大象啊!他已经不抱什么希望。每件事都好像不对头。昨天,一头几乎到手的大公象逃脱了,脚上还戴着链条。今天,哈尔看了看地上那堆象骨,他们也没能活捉这头。他几乎同意罗杰的看法:月亮山果真是块不祥之地。

他无精打采地跟着阿布走进林子里。他们拨开长着10到12英尺长叶子、高达30英尺的蕨类植物往前走去。四周是高高耸立着的钟石南、红花半边莲、秋海棠、三色紫罗兰,还有比它们高得多的参天大树。毛皮黑白相间的猴子坐在高高的枝头上往下张望。远处传来一阵阵像超音速飞机降落地面时因机头冲击受阻而发出的嘭嘭声,这是从一头大猩猩鼓面似的宽大胸膛发出来的。

一行人从林中又钻了出来,走上一条小道。

"瞧!大象的踪迹,"阿布说,"每天都有许多大象来这里。我们捉住一头,不能吗?"

哈尔真想接着说"不能",不过他忍住了,只是忧愁地点点头。

一些俾格米人正在起劲地挖洞。哈尔手下的一些人也在帮忙。他们在小路上挖了一个1英尺深的洞穴，直径比大象的一只前足大不了多少。俾格米人沿着洞穴的边缘放下一条已经打成结的绳子。它的一头系在一根被砍下来的大圆木上。

哈尔从来未见过这样的绳子，它有如航海轮船用来系船或下锚时用的钢丝绳那样重，也许更重些，绳子的直径足有5英寸。哈尔问阿布他们是从哪里搞到这样的绳子的。

"是用兽皮做的，"阿布答道，"长颈鹿、羚羊、犀牛、旋角大羚羊、斑马、水牛的皮都是很好的原料。"

"和铁链一样好用吗？"

"比那好。兽皮制的绳子可以伸展，有弹性，铁链不行。大象走过来，它的一只脚刚好踩进洞穴，它抬起腿时，绳子的活套套住了它的脚踝，并且拉紧了。它想继续前进，但是绳子的另一头系在大圆木上。它越拉，绳索就套得越紧。这绳子就像你们所说的橡皮带，所以它不会像链子那样被拉断。大象停下来不动时，绳子又回复原样。"

"然后怎么样？"

"它又更用力地拉，拖动圆木往前走。"

"为什么你们不把绳子的另一头系在大树上呢？那样大象就不能拖着圆木跑了。"

"不行。这样它最终会把绳子拉断的，就像拉断铁链一样。但如果系在一根圆木上，由于它可以移动，所以作用在绳子上的拉力不会太大，绳子也就不那么轻易断了。你知道吗？我们从来都不会忘记，大象是世界上最有劲的动物。我们是不能对它说'不'字的，因此你要让着它一点，有时候还要让它先赢一点点，

13 陷阱

让它拖着圆木往前走。否则,它会发狂,会拼力挣脱绳子的,那么你就输了。大象觉得自己赢了,就会继续拖着圆木朝前走。不过,这可不容易。它会越来越疲倦,最后不得不停下来。这时我们就可以捉住它了。"

"我要亲眼看到了才会相信。"哈尔说。

这时,俾格米人又在绳套上交叉地放上一些小树枝,盖上树叶,直到整个洞都被严严实实地遮盖起来。哈尔注意到,俾格米人干这活时非常小心。他们不用手或赤着的脚去碰树叶,而是用小枝条拨弄,将洞盖好。这样既不会有人的气味,又能把刚才挖洞时留下的气味掩盖起来。

一切都准备好了。他们不沿着小路回到原处,而是跳进路旁树丛中,一直走到离罗杰和小象不远处,再从树丛中钻出来。

现在,在阿布的指挥下,所有的人都来到象群的背后,用尽一切办法发出喧闹声。他们有的尖声叫喊,有的用树枝拍打树干,有的扔石块,好不热闹。

大象被嘈杂声惊住了。有的尖叫着转身往回走,但是俾格米人早已手举长矛成排站在它们后面。他们挥动着长矛,专向大象娇嫩的地方刺去,包括那最敏感的长鼻子。上百个又跳又叫的精灵把大象吓坏了。它们只好又转回身子,跟在其他大象的后面,排成单行,一头接着一头,慢吞吞地,踏着沉重的步子,向森林走去。

阿布又领着哈尔绕开小路回到他们设陷阱的地方,躲在密实的树丛后面。从那儿他们可以看见小路上发生的一切,但又不会被发现。

哈尔仍然不大相信这个计划会成功。当他一眼看到走在最前面的那头大象时，他更怀疑这一切会有什么用。那是一头邋遢的长着凹凸不平厚皮的大象。瞧那个样子，没有动物园会要它的。却正是这样一头大象走向陷阱。

它迈着缓慢的懒洋洋的大步走过来了。是没有睡醒还是愚蠢？它正一步步朝陷阱走去。很显然，它完全没有怀疑前面路上会有什么名堂。快到陷阱边上了，它仍然没有觉察到异样。

再往前一步，它就要掉到陷阱里，其他的象会被吓跑，向森林四散逃去。哈尔知道，受惊的象群一天内可以跑上50英里。他们无论如何也追不上的。这样，留给哈尔的只是一头不中用的老家伙。他只有将它放生。一切又得从头开始。

忽然，哈尔兴奋起来。那头他不想要的大象跨过了陷阱，好像陷阱根本不存在似的，继续慢悠悠沿着小路向前走去。

一下子，哈尔又有了新的担心：大象的步子迈得很大，如果它们全都跨过了陷阱怎么办？

第二头走过来的大象毛色光亮，精神抖擞，所有的动物园都会欢迎的。哈尔目测计算着大象行走的步子，估计它再走几步，它的右后腿应该刚好掉进陷阱里。

突然，大象停了下来。一条带叶的小树枝引起了它的注意。它走出小路，伸出鼻子，将可口的枝条折断，送进嘴里慢慢嚼起来，然后向前几步，推开树丛又迈上小路，陷阱被它绕了过去。

第三头大象感觉到有点不对头，它停了下来，用鼻子嗅嗅陷阱上的树枝，然后小心翼翼地从陷阱旁走过，发出一声带有轻蔑的嘶鸣，似乎在说：

13 陷阱

"哼，想要捉住我，你们再精明点吧！"

第四头大象过来了。这是一头所有动物博物学家梦寐以求的美丽公象，足有两人高，一对洁白的象牙伸将出来像两条起重吊杆。

哈尔并不感到很兴奋。他已习惯碰上坏运气了。谁知它什么时候又会溜了呢？所以当大象的一只前脚安全地跨过陷阱时，他一点也不显得吃惊。另一只前脚，一只后脚也都跨过去了，只剩下最后一次机会。

右后腿终于不偏不倚地落在陷阱里。待到大象抬起脚时，活套已经紧紧地套住了踝部。这庞然大物发出雷鸣般的吼声，猛地飞奔向前。

不过绳子扯住了它。如果绳子的一头是拴在固定的树上，那么绳子肯定要被拉断的。由于只系在可以滑动的圆木上，绳子上所受到的拉力并不是很大。

受惊的大象，拖着圆木往前跑去。

但是它不能跑得很快，因为它拖着的圆木太大了，直径达2英尺，有大象那么长，非常沉重，而且圆木常常被卡在石块上或者被小树丛绊住。大象要费很大的气力才能重新将圆木扯开拉动，往往拖不了几步，又被什么钩住了。就这样，大象的步子越来越慢。

路旁一簇簇的灌木丛像钢丝弹簧一样，有时把圆木稍为弹起，这样倒是有助于大象将圆木拖着前去，兽皮绳也没有被挣断。

这头大象的尖叫声宛如喷气式飞机飞过头顶发出的呼啸声。

其他的象也都跟着叫了起来，粗暴地践踏着灌木丛，追赶着俾格米人。不过，他们全都爬上了树，躲在安全的地方。有一个俾格米人爬得不够高（其实他已爬到一层楼那么高），被大象的鼻子钩住扔在地上。大象凶狠地踩上几脚，直到它认为它的敌人已死为止。在这场疯狂的报复中，你不要指望好心的大象会给你举行体面的葬礼了。

其他俾格米人生怕也会像刚才那个俾格米人被大象捉住，其他的人都再往高处爬去。对大象的鼻子能够到这么高处的东西，哈尔确实吃惊。他记起他家的一层楼房，从地面到屋顶有15英尺，而现在他必须爬到离地面至少25英尺的地方才能逃脱大象的长鼻子。不一会儿，在场的人都不见了。象群吃了一惊，慌忙钻进树丛，迅速消失在森林中。

人们纷纷从树上下来。整整一个小时，他们都在看着那头巨象又拉又扯想挣脱卡在树丛中的大圆木。终于，大象耗尽了力量，停下了，脑袋耷拉着，也不再吼叫了。

"现在该怎么办呢？我们如何才能将它带回营地呢？"哈尔问阿布。

从这里到村子要走好长的一段路，那里卡车上有装大象的笼子，但是没有车路，怎样才能将笼子运来呢？

"我们会把它带回村子的。"阿布极为平静地说。好像他们要带走的不是一头10吨重的大象，而是一只掉在陷阱里的野兔。

阿布一招手，他所有的人都聚集过来，围在筋疲力尽的大象四周。大象仍未完全放弃反抗。它用鼻子吸起许多小石块，微微弯向嘴巴，然后猛地伸长鼻子，将石块喷向它的敌人。好几个人

13 陷阱

被击中了。过了一会儿,周围的石块被用尽了,大象只好乖乖地停了下来。再说,由于连续的折腾,它已经疲惫不堪,只好任人摆布了。

此时,卡在树丛中的圆木被抬了出来,放在小路上。成群的俾格米人跟在大象后头和侧面,不断用矛尖戳它,逼迫着它朝林子的方向走去。俾格米人一面捅它赶着它向前,一面又不时撬动圆木,让它绕过残根树桩。

"为什么不把圆木解开呢?"哈尔问阿布。

他摇摇头,说:"大象内在的力量还很大。没有圆木,会很危险。"

哈尔派乔罗回头去接罗杰和小象。小象一直心甘情愿地跟着罗杰。不一会儿,他们就赶了上来,一起慢慢走向营地。

哈尔又派了几个人先一步赶回营地,准备好笼子。当大象终于来到营地前面的空地时,全村男女老少都跑出来迎接。大象很不情愿地踏上一个临时用土堆筑起来的斜坡,向卡车上早已准备好的笼子走去。

大象进去以后,似乎觉得里面比外面更好,不受骚扰,也就心安理得静静地待在笼子里了。笼子的门关上了。大象脚踝上的绳子从门下穿过,另一头仍系在圆木上,以防大象万一撞破笼子逃跑。

透过铁栅栏,哈尔朝笼里望去,那是一头价值1万美元的大象。

哈尔和罗杰成功了,他们活捉了一头大象,他们的父亲一定会很高兴的。这当然要感谢俾格米人——世界上个子最矮的猎人,月亮山脉不再是人们所说的不祥之地了。

哈尔朝天空望去,多么希望再能看到那些天上的大象。这时,白雪覆盖着的山峰完完全全让雾气吞掉了。他多想知道它们是否全在那里。不过,已经有一头,其中一头最大的象来到了地球。是关在笼子里的那头吗?

这只是一种荒诞的想象。不过,在这片神秘的土地上,四处都是神奇的东西:特大的野兽、3英尺长的蚯蚓、硕大的花朵、巨人和侏儒,能不产生这种奇想吗?

哈尔又看了一下四周,发现蒙博酋长正站在自己身旁。他想说:"你看你错了吧。你说我们捉不到大象,还说月亮山的幽灵是不会让我们得到的。但是,你瞧,大象就在你跟前,活生生的。你们的迷信该结束了。"

哈尔想把这些全说出来,但他没有说,他只讲了一句:"一头漂亮的大象,不是吗?"

"是很漂亮。"蒙博说。

"在动物园里一定是最有吸引力的。"

蒙博笑笑,夹杂着几分忧虑:"朋友,我很抱歉对你们说,这头大象永远也到不了动物园的。"

哈尔这下忍不住了,他恼火地说:"难道你认为它会消失在空气中?"

"你讲对了,"蒙博点点头,"是的,它会跑进空气里不见的。"他把目光移向那云雾遮住的山峰,"它从天上来,也会回到天上的。我的孩子,我很难过不得不告诉你这一点。我知道,你们的愿望是很崇高的,不过让你们了解这一点也好。"

13 陷阱

"谢谢你的好心!"哈尔说。他心里却在想:这个固执的笨家伙。但我不能责怪他,要是我也长期生活在这神奇的月亮山里,我也会变傻的。

14

会跳的帐篷

罗杰碰到了麻烦。半吨重的"孩子"叫他几乎受不了。

"大小子",罗杰这样称呼它,它虽然个头看起来很大,其实还是头幼象,一头没有了母亲的幼象,总是露出迷茫不知所措的神情。

罗杰刚走开不到 10 英尺,小象就哼哼地迈着蹒跚的步子跟上来。

它跟得太急,一时收不住脚,把罗杰撞倒在地。

罗杰两次想站起来,又都被小象推倒。他只好四肢并用爬进帐篷,躺在行军床上。多惬意啊!今天他的的确确累坏了。

他刚想伸直身子,"大小子"掀起帐篷门进来了,看见小主人躺在床上,高兴地朝他奔去。

噗的一声,它的身子碰到床的前沿。行军床受不住这样的压力,立刻塌了下来。罗杰和小象也都跟着跌倒,罗杰还被小象压在身上。

他呼叫救命,但他的声音好像是从嗓子眼里挤出来的一样,别人根本听不到。他很担心自己的肋骨被压断。这时小象的身子向旁边歪了一下,罗杰才从庞然大物之下爬了出来。他飞快跑出帐篷,门帘在他身后轻轻落下。罗杰躺在草地上正想歇口气,忽然,他坐了起来,面前出现了一个奇怪的场面:他的帐篷活了

14 会跳的帐篷

起来。

帐篷霎时间胀大了。那些用来固定帐篷的绳子已被扯开,整顶帐篷像一个穿长裙的胖女人跳来跳去。俾格米人叫嚷着躲开,女人、孩子吓得乱喊乱叫。

这顶帐篷还会发出声音,宛如有一头大象在里面长声尖叫。只有罗杰一人知道,里面真真正正有一头象。由于帐篷的门帘落了下来,"大小子"不知道如何将它掀起走出来。它大概急疯了,顶着帐篷慌乱地东窜西窜,活像一只盲目飞行的气球。

罗杰坐在草地上看着直乐。当他看见这个疯狂跳动的帆布大球撞倒了一间俾格米人住的茅屋,踢倒和压伤了一个妇女和一个孩子,才意识到这不再是一件好笑的事情。他得赶紧想办法让它停下来,因为这是他的小象。

图图提着枪跑了过来,朝着直冲过来的小象举枪瞄准。

罗杰高声喊道:"不要开枪!"他招呼乔罗和其他几个队员:"喂,快点过来。"他边喊着边朝帐篷跑去。那几个人猜到了他的意图,也随着他跑上来。

他们跑到跳跃着的帐篷跟前,一齐按住四边。大约只有一分钟的时间,"大小子"被按住没有动。突然,受惊的小象猛地用力一抖,将按住帐篷的人全部掀出老远,就好像他们只是叮在它身上的苍蝇。"大小子"带着帐篷又撞倒了另一间茅舍。

看来,强迫的办法不能使它安静下来,罗杰决定试试别的。

他朝跳着的帐篷跑去。

"小心,罗杰!"刚从别处赶来的哈尔大声喊,"你会被踩死的。"

罗杰迎着跳来的帐篷，开始喃喃地说起话来。他没有说什么特别的话，也不知道自己是在说英语还是发出一些声音，他一心只想让小象能听到他的声音。

帐篷终于在他跟前停了下来，差点没把他撞倒。帐篷在微微地颤动着，从里面传来轻轻的哼叫声。

罗杰还在温柔地说着什么，接着弯下腰，慢慢地掀起了帐篷的底边。

一只脚露了出来，接着是微微发抖的鼻子，最后是惊恐的眼睛。"大小子"发出像婴儿似的哭泣声。罗杰这时已将整顶帐篷从小象的身上拿了下来。

这下，小象更是不让罗杰离开它的视线之外。罗杰正要走开，忽然觉得脖子和肩膀被一条鞭子似的东西抽了一下，并且被绕住了脖子，原来是小象的长鼻子。罗杰用力挣脱，但它缠得那么紧，罗杰几乎透不过气来。

"哎哟！"罗杰对着小象喊，"快让我出来！"

哈尔笑起来："你一定不介意这小小的亲热吧！它这么想念你，不是很好吗？"

"它的好心会把我弄死的，"罗杰直埋怨，"哎，你别站着取笑我。快过来帮我把脖子上的象鼻子掰开。"

"它总跟着你，这样下去不行。你只有一个办法，就是给一些它更喜欢的东西。"

"什么？"

"食物。"

"对了。那你去拿点来喂它吧。"

14 会跳的帐篷

哈尔总不放过逗弄他弟弟的任何机会："你自己喂吧,它是你的孩子呀!"

罗杰被"大小子"的鼻子死死缠着,怎样去喂呢?哈尔没有说,不过罗杰可不是那么容易就认输的。

"你认为我办不到?"罗杰大声喊道,"乔罗,拿些莫伯尼叶子来。"

他早就注意到,大象很喜欢吃这种莫伯尼树的叶子,空地周围的树中有许多。乔罗摘下一条长满嫩绿叶子的枝条,拿过来放在"大小子"面前。

罗杰感到脖子上松了些。一会儿,"大小子"的长鼻子终于放开,垂了下来,在树叶间来回摇晃,起劲地嗅着那合意的气味。

看样子,它并不懂得如何吃那些叶子。它太年幼了,还不会用鼻子卷起树叶或青草送进嘴里。它只习惯母象的哺乳。现在,母象没有了。

幸亏小象还有罗杰这样一个母亲。不过,这个母亲似乎比他的孩子更不知道如何是好。

罗杰想到了瓦杜西人养的一大群牛,他们村里一定有许多牛奶。他把乔罗叫过来："你到供给车上取一只水桶,然后到村里装些牛奶来。"

牛奶取来了,放在小象面前。它的鼻子立刻在牛奶桶上晃来晃去,用力地嗅着牛奶的香味,就像刚才嗅树叶那样。很显然,它喜欢牛奶的气味,但是不懂得如何将牛奶吸进鼻子然后喷进口里。

15

小象进餐的仪态

罗杰有点恼火了:"我怎么得了个这么蠢的象?"

"哦,不能那样说,"哈尔说,"你像它那样小的时候也是不会用刀叉的。它的鼻子就是刀和叉。它还没有学过怎样自己进食呢。"

"那么,我来把牛奶倒进它的嘴里吧,不过也可能会因此送命。"

罗杰提起满桶的牛奶,举到小象的嘴边。小象的鼻子垂着,刚好把嘴巴挡住。

"想喝牛奶就赶快抬起鼻子,你这笨家伙。"

小象并没有听他的。罗杰只好对乔罗说:"过来,把它的鼻子举起来。"乔罗正要去举,冷不防小象自己翘起鼻子,正好打在乔罗身上。鼻子甩下来时又把整桶的牛奶打翻,奶水溅了乔罗、罗杰和小象它自己一身。奶汁顺着他们湿漉漉的身体直往下滴,好一副狼狈相。

"算了吧!"哈尔提议。

"我不!"罗杰又叫乔罗多取了些牛奶来。他自己则用手轻轻地抚摸着小象的脸,想让它安静下来。

突然间,小象注意到罗杰手上滴着的甜牛奶,就把它卷在嘴里吸吮着。

15 小象进餐的仪态

"小心！"哈尔警告他弟弟，"它会一口把你的手咬碎的。"

罗杰很想把手缩回来，不过他忍住了。他相信"大小子"是不会咬他的。其实，小象只是贪婪地吮着罗杰手上的奶汁。

罗杰突然闪过一个念头。对，就这样办。幼象都是习惯于吸吮进食的，现在罗杰必须保持手上有奶汁，也就是说，他必须不断地把手伸进奶桶里，让手淌着奶汁，然后放进小象嘴里让它吸吮。

照这样的吃法大概要花上一天一夜，因为小象也许需要不止一桶牛奶。再说，罗杰手上的皮也会被小象强大的吸吮力吸掉一层的。

"一定要有个既容易又快速的办法。"罗杰想。

他告诉马里："到车上找一根短的管子，拿这儿来。"

管子取来了。罗杰把它的一端放在牛奶桶里，用空着的那只手，拿起另一端塞进另一只正在小象嘴里被它吸吮的手心里。

奇迹出现了。吸力将牛奶吸进管子，进入急切等待着的小象嘴里。桶里的牛奶急速地减少。不一会儿，牛奶桶空了。马上又拿来第二桶、第三桶。小象似乎还没有喝够，但是哈尔让他们止住："这次够了。牛奶和它平常习惯了的母奶不一样，牛奶也许会使它肚子痛的。"

罗杰抽出手和管子，哈尔会心地笑了，说道："你真了不起，我的弟弟。你的办法挺不错。如果以后我听说有人要请照顾大象的保姆，我一定推荐你。"

这是出自哈尔内心对罗杰的赞扬。罗杰骄傲了，只觉得头脑发涨，飘飘然起来。

15 小象进餐的仪态

不一会儿,他们的小象也发胀起来。不是别的,是它的肚子胀得像气球。小象也随之痛苦地呻吟起来,很像人类的孩子那样。

"它生病了吗?"罗杰问他哥哥。

"胃里进了风。这是大象常见的毛病,特别是它们吃了不习惯的食物。"

"大小子"的肚子越胀越大,呻吟声也愈加厉害。

"我们怎么办呢?"

"嗯,我记起来了。你是婴孩的时候,也常有这个毛病。母亲总是让你打嗝儿,这样你就舒服了。"

"你总不能让我也记得吧。母亲是怎样让我打嗝儿的呢?"

"她把你抱起来,让你的头靠在她的肩头上,脸朝后,你就会打嗝儿,风就被驱出来了。"

罗杰看看那头 1000 磅重的小象,真不可想象将它放在肩上的情景。一定得想个办法解除它的痛苦。他瞪着哈尔,着急地说:"现在没有工夫跟你闹着玩。快点告诉我该怎么办!"

哈尔摇摇头。遇到这种情况,他的父亲总是让他自己想办法解决。时间久了,哈尔也就习惯了独立思考。现在,他也要那样要求他的弟弟。

"你是知道的,"哈尔说,"我从来没有试过让大象打嗝儿,不过,你也会跟我一样,想出办法来的。动动你的脑子。"

这话提醒了罗杰。对,他应该自己想出个办法来。

他趴在正痛苦哼叫的小象肚皮下,用头和肩膀顶住它胀大的肚子,用尽力气往上压,并且尽量保持这一姿势。没过多久,罗杰只觉得头肩酸痛,快支持不住了,但是小象的肚子依然是那么胀。小象肚子上需要的压力是罗杰一人远不能办到的。如果他有更多的脑袋更多的肩膀……

"乔罗、马里、图图,快来帮忙。"罗杰喊道。他们跑了过来。哈尔也来了,虽然他不大相信这能奏效。他们一起钻进小象的肚皮下,使劲地往上推压,但是一点效果也没有,反而刺激了小象,使它更大声地呻吟起来,并且摇来晃去,差点没踩着那些正在为它解除痛苦的人。

罗杰他们只好停下来,喘着气从小象肚子下爬出来。

罗杰并不打算放弃努力,他要想出个办法来。如果能找到一个比脑袋、比肩膀更有力更坚硬的东西放在小象肚子下就好了。更有力,更坚硬,是什么呢?他的目光扫过营地、村庄。

茅舍那边有一个小小的湖,冰川上融解下来的水和充沛的雨水通过小溪流进湖里,湖边停泊着一只木筏。

其实也说不上是只木筏,只是4根木头牢牢地扎在一起罢了,不过看样子很坚实。再有,它的宽度是4英尺,正好用来放在发胀的小象肚子下。

"我能用用那只木筏吗?"罗杰问高个子的蒙博酋长。

"是我儿子的。"蒙博说着,呼唤儿子的名字"博"。

16

酋长的儿子

博从人群中走了出来。他是一个长得十分英俊的少年，和罗杰的年纪相仿。他的皮肤是金褐色的，他有着瓦杜西人特有的漂亮脸孔。他的眼睛很大，充满好奇。他坦率友好地微笑着。

罗杰马上喜欢上了他。

"你说英语吗？"罗杰问。

"试试吧。我父亲教我一些。"

"我想用用你的木筏子，可以吗？"

"当然可以。你是想去湖上玩玩吗？我给你划木筏子。"

"也许以后吧。我是很高兴和你同去的，一定很有趣吧。不过我现在想借用你的筏子，看看能不能对我的小象派上用场。"

博也许不大明白一只木筏子对小象有什么用，不过他还是立刻叫人把木筏子抬了过来。他们服从他的命令是那样干脆迅速，那样愉快情愿，好像博就是他们的酋长。看来大家都很喜欢他，尊重他。如果他的父亲死了，他就是他们的酋长，而且会是一个很好的酋长。

6个人抬着木筏走过来。罗杰让他们将筏子横放在小象的肚皮下。

哈尔弄不清他弟弟想干什么，不过他也不问为什么，让罗杰按照自己的想法去做。真有点好笑——小象乘木筏！

罗杰和他的自愿助手博在木筏的4个角上系上绳子。其他的人抬起木筏紧紧贴着小象的肚皮。然后，罗杰将4个角上的绳子绑在小象的背上。小象不知道这些人要对它干什么，生气地向他们猛撞过去。靠得近的都免不了让它的长牙刺了一下。

但小象绝不碰一下罗杰和博。它把博也当成朋友了。博轻轻地爱抚着小象的鼻子和头部，安慰它，让它安静下来。其余的人赶紧把4条绳子合在一起，在小象的脊背上打了个扣结。

罗杰又要了一条铁链，就跟上次被大象挣断的那条一样，用它来对付半吨重的小象绰绰有余。

罗杰把链子的一头钩在小象背上的扣结上，然后抬头向上张望着。这时候哈尔才猜到罗杰的主意。罗杰头顶是大树伸出来的一根粗壮的横枝。

罗杰爬上"大小子"的背，将铁链的另一头扔过横枝，博接住链子往下拉，直到链子被拉紧。

"好极了！"哈尔自言自语地说，"罗杰真了不起，想出这样妙的办法。"

罗杰招来他手下最强壮的队员，让他们拿着吊在横枝上松着的铁链一头，用力往下拉，这样会把木筏子往上提，紧压着小象发胀的肚子。如果拉力够大的话，可以将小象拉离地面，这跟母亲让孩子靠在肩上压住肚子的原理一样。不过，小象的这个"肩膀"要大得多，宛如一个巨大的秤盘。

好一个聪明的办法！但是罗杰没有考虑到小象的重量。那些队员们使劲地拉，头上绷起了青筋，还是不能把小象完全拉离地面。小象反而叫得更厉害了，1英里之外都能听到它痛苦的喊声。

16 酋长的儿子

"这样不行,"罗杰说,"快放下来。"

拉着链子的人高兴地放下链子,跑到草地上休息去了。有几个队员笑起来,一些瓦杜西人和俾格米人也跟着笑了起来。罗杰的脸唰的一下红了,他觉得自己干了一件蠢事。

他看看哈尔,以为他一定也在取笑自己。然而哈尔的脸上没有一丝笑容。

"不要泄气,"他说,"你的想法是对的,只要再稍稍改变一下就成功了。我想你已经知道该怎么做了。"

"怎么个变法?"罗杰问。

"你会想到的。"哈尔这才露出了笑容。

哈尔的话给了罗杰很大的鼓励,他绞尽脑汁想着。他该怎么做呢?哈尔说稍微改变一下,怎么个变法?他所需要的是用更大的力去拉链子,但是他的人已经尽力了。

对,有了,他有主意了。为什么没有早想到呢?

"马里,把卡车开来这里,让它的尾板离'大小子'约5英尺。"

卡车停在适当的位置上,链子一下子就拴在车上。

"四轮驱动,"罗杰指挥马里,"好,再往前。慢点!当心!"

绕过横枝的铁链,一个链环一个链环往下移。木筏渐渐贴紧了小象的肚皮。

"再往前开一点点,马里。慢点,好,再往前一些。"

小象的一条腿离开了地面,接着另一条,第三条,最后4条腿全都离开了地面,在空中舞动着。

此时,小象的全身重量都压在木筏上。再胀的气也受不了这样的压力。小象猛地打了个大嗝儿,令人讨厌的气呼的一声冲了出来。

看得出,小象立刻舒服了。它不再呻吟,只是发出低低的哼叫声。

"它朝我哼哼,"罗杰说,"那是表示感激。"

"这不叫作哼哼,"哈尔说,"而是一种接近表示满意和喜悦的叫声。"

当小象被放下,人造肩膀也拿走后,它马上表露出它的感激之情。一点没错,它用头轻轻擦着罗杰,又碰碰博,喉咙深处发出低沉的咕咕声,表示它的满意和爱。

人们不再笑话罗杰,而是和他一起衷心地开怀大笑。一场多精彩的表演。他们为这样一位小主人感到骄傲。他们对他成功的喜悦也感染了罗杰,他也感到很高兴。

使罗杰最为感动的是他哥哥拍着他肩膀说的既简短而又有分量的话:"好样的!"

17 特大蚯蚓

人们把木筏抬回湖边,罗杰和博也在帮忙。

"湖里有鱼吗?"罗杰问道。

"有的是,"博回答,"你想不想去捉鱼?"

还没等罗杰回答,他已朝他父亲的房子跑去。不一会儿,他拿来两条用纸莎草纤维做的钓鱼线,每条的末端处都有一个自制的钩子,是用动物的骨头做的。他还带来一只勺或铲子样的东西,原来是个野猪的下巴骨。

"这个用来干什么?"罗杰指着它问。

"挖蚯蚓。"博说着,动手用它在松软的湿地上挖起来。

"我们需要两条蚯蚓。"罗杰说,眼睛盯着那两只骨制鱼钩。他已经忘了刚才哈尔告诉他有关月亮山蚯蚓的事。

博惊讶地抬起头。

"一条足够了,"他说,"100 个鱼钩都用不完的。"

他已经挖了一个大约 6 英寸深的洞。洞底的泥土突然蠕动起来,一个褐色的脑袋伸了出来。

"小心!"罗杰说着,往后退,"蛇!"

"不是蛇。"博让他放心。

他抓住这脑袋后面的部位,继续挖下去,直到把整个身子抽了出来。博把那个扭动的东西高高举在空中。

那个东西的长度大概和俾格米人的身高一样,腰身有如罗杰的手腕粗,头是褐色的,身子却是鲜红色。那难看的口张得很大,整个脸看上去,除了嘴巴,一片空白。在旁的哈尔走上前去看了个清楚。

"这条蚯蚓没有眼睛,"罗杰说,"也没有鼻子。"

"就跟我们那儿的一个样,"哈尔说,"它没有听觉,没有嗅觉,也没有味觉,但它有一点视力。"

"没有眼睛怎能看见东西呢?"

"它有一些细小的器官能够分辨出白天和黑夜。白天它躲在泥土之下,晚上就出来活动。如果在它面前亮着手电筒,它会立刻爬回地里的。"

这条特大蚯蚓身下两侧各有一排短而硬的鬃毛。

"这是用来干什么的?"罗杰指着问。

"是推进器。蚯蚓打地道时,就靠它推动往前。"

"蚯蚓是怎样挖地道的呢?挖出来的泥土又放在哪儿?"

"经过他的身体。他把前面的泥土吃进肚里,泥土通过他的躯体,然后又被排了出来。"

"真是了不起的本领,"罗杰赞叹,"刚才你称蚯蚓为'他',你怎么知道这条蚯蚓是雄性的?"

"我并不知道。不过我也可以称'她',因为蚯蚓是雌雄同体的。所以蚯蚓既是'他',也是'她'。"

"太妙了!"罗杰说,"现在我才觉得它挺有趣。过去我想,嗯,蛆虫就是蛆虫。"

"这我知道。因为蛆虫总是很小,而且都不一样。瞧这条大

17 特大蚯蚓

蚯蚓，你可以看得很清楚，大自然的本领多大啊！"在鱼钩上装一条普通大小的蚯蚓做饵，罗杰一点也不会可怜它。当博拿出小刀，把还在蠕动的大蚯蚓劈开两半，放些在鱼钩上时，罗杰真有点替它惋惜。

罗杰和博上了木筏子，用竹竿撑着向湖心漂去，他们在一个地方停了下来，才刚刚放下渔线，罗杰就感到渔线被使劲地往下拉。扯上来一看，是一条类似鲇鱼的鱼，不过要比他见过的鲇鱼大得多。博也很快钓到一条同样的鱼。

"我觉得很奇怪，"罗杰说，"这里的一切都要比其他地方的尺码大。有一个例外，那就是俾格米人。你们瓦杜西人是世界上最高的人，大象也是陆地上最巨大的动物，还有那些花，那些树，甚至连虫类也都是世界上最大的。"

突然，云雾遮裹着的月亮山传来雷鸣般的撞击声。罗杰曾经听过这种响声。哈尔解释说这大概是冰川边缘上几百万吨重的冰块断落到悬崖下发出的巨响。但是瓦杜西人另有说法。罗杰身旁的博这时眼睛睁得又大又圆，露出恐惧的神色。

"你们说我们瓦杜西人高大，"博说，"实际上我们很小，他才是最大。"

"他？"

"就是那个我们叫作'雷公'的人。他和最高的树一般高，他走起路来，大地都会震动，他说话时，就像1000头狮子齐声吼叫。你们所说的闪电，实际上是他生气时从眼睛发出来的怒火。闪电碰到大树，大树随即倒下；若扫过村庄，村庄立刻燃烧起来。他晚上出来，天亮离去，无影无踪。他会把你们的大象，

17 特大蚯蚓

大的和小的，统统拿走。"

"如果我知道他来了，我是一定不让他拿走的。"罗杰坚定地说。

"你是不会知道的，到你觉察时，已经太迟了。"

博忐忑不安地望望四周。湖的一侧是他们住的村子，另一侧紧靠茂密的森林。树下的阴影越来越暗。

"天黑了，我们回去吧。"博说。

他们把木筏撑回岸边。博坚持让罗杰把两条鱼以及做鱼饵剩下的蚯蚓带回去。

"我要蚯蚓有什么用？"罗杰问。

"给你们做晚餐，它的味道很好。"

"看来我不会喜欢的。这蚯蚓像一条蛇。你们不吃蛇吗？"

"不，我们很喜欢吃蛇。蛇肉鲜嫩，比鸡肉还好。蚯蚓更好，因为它没有骨头。"

有骨头也好，没有骨头也好，罗杰直截了当地说不喜欢蚯蚓，所以不想要它当晚餐。

"给我鱼吧，"罗杰说，"谢谢你。你拿蚯蚓。再见。谢谢你带我去捉鱼。好，明早见。"罗杰边说边招呼他的小象。

已经在岸边耐心等了好久的小象见到主人归来，马上紧跟着一同返回营地。罗杰把鱼交给厨子。晚饭时他向哈尔谈起博说过的"雷公"。

"这是我听到过的最神奇的事了。"罗杰断定。

"嗯，可以说是，也可以说不是，"哈尔说，"很神奇，但也很自然。"

"很自然去相信有这样一个高如大树又非常可怕的人?他会闪电,打雷,还会偷走牛和小孩?"

"世界上许多未开化的部落都相信这类事情,"哈尔回答,"我们自己的祖先住在山洞时,也可能相信这些事情。他们没有到过学校,不懂得用科学来解释闪电、打雷、地震、森林火灾和洪水等现象。他们认为这是上帝或者鬼魂的安排。博的村子里总是丢失东西,所以他们是有理由担心的。事实上,我也很担心。"

"你是说你也相信真有'雷公'这样的人?"

"我知道的是,有人或者什么东西,正在偷村子里的牛,拐走孩子。我准备今天晚上布置武装岗哨。这样我们的小象才不会丢掉。"

哈尔安排他手下两个最好的队员乔罗和图图晚上站岗放哨。

"我知道你们累了,"哈尔对他俩说,"今天你们很辛苦。但是,我们的小象如果被偷走了,那么我们今天所付出的一切努力就白费了。你们可以一个站岗,另一个睡觉,然后互相交换。"

乔罗和图图很感激哈尔为他们安排得这么周到。

"不用为我们担心,先生,"乔罗说,"我们不会有事的,也一定不让别人把小象偷走。"

"大小子"正在篝火旁站着,眼睛却盯着罗杰。哈尔若有所思地望着它。

"还有一件事,"哈尔说,"这只小象也许会突然想到离开,重新回到象群中去。它很可能把罗杰忘掉。要知道,幼象是很健忘的。另外,它或许会到别处游逛。你们打算怎样办?"

当他们要把它赶进笼里时,它大声吼叫表示反对,用腿不断

17 特大蚯蚓

地踢人,终于它挣脱了,跑到罗杰身旁站着,鼻尖轻轻地蹭着罗杰的狩猎服,显然,它很喜欢这种味道,从中可以得到安慰,因为衣服上的气味是属于它主人的。

"我们可以把它带进帐篷和我们在一起。"罗杰建议。

"像今天下午那样,压碎你的床,顶着帐篷到处乱蹦乱跳吗?不行,谢谢你啦。"

哈尔边说边注意地看着小象。它一直在嗅着罗杰的衣服。

"有办法了,"哈尔说,"我们试试看。"

"试什么?"罗杰问。

"把你的狩猎服脱了,挂在那边的树枝上,趁'大小子'还在嗅你的衣服,你赶快躲进帐篷。"

罗杰闪进了帐篷。"大小子"看见了,哼了哼也想跟上去,不过它知道主人就在附近,也就心满意足地站在主人的衣服边,嗅着上面的气味。

哈尔和罗杰在帐篷里躺下,不到 10 秒钟两人就进入了梦乡。今天实在是太累了,他们整个晚上都睡得很沉,要不是一阵激烈的喧嚣声,他们绝不会醒来。

18

绑架

喧嚣声是黎明时分传来的。

这是各种声音的爆发——女人的尖叫声,孩子的哭喊声,男人愤怒的斥骂声。

罗杰立刻从床上跳了下来冲出帐篷。他看见他的狩猎服还挂在树枝上,他的小象却不见了。

哈尔也出来了。两个孩子朝着装有大象的笼子奔去。

笼子里空空如也。

整个村子都骚动起来。高个子的瓦杜西人和矮个子的俾格米人,像惊慌的蚂蚁,四处奔忙。

哈尔和罗杰往空着的笼子里张望,蒙博酋长大步走了过去。

"两头象都不见了。"哈尔焦急地说。

蒙博酋长好像对此无动于衷。他有更要紧的事情。

"我的儿子,"他问,"你们看见我的儿子了吗?"他原来总是那么深沉、那么尊严的声音现在几乎成了哭声,"他把我的儿子带走了。"

有人跑过来报告两头最好的牛不见了。牛和孩子对瓦杜西人同等重要。悲恸地哭泣着的瓦杜西人这次并不是因为丢失了牛,而是因为他们失去了亲爱的博——酋长的儿子。

更令人感到不解的是,蒙博酋长一家住在一间真正的房子

18 绑架

里,不是茅草棚,而且房门上了锁——村子里唯一的一把锁。

"你的门是锁着的?"哈尔问。

"那当然!"

"那么,这些人是怎样进去的呢?"

"你不明白,"蒙博说,"他是一个幽灵,就是那个'雷公',锁对他来说算不得什么。"

"我们昨晚站岗的两个人呢?"罗杰很是奇怪,"他们也被弄走了吗?"

哈尔问他的队员有谁见到过乔罗和图图,大家都说没有。

人们开始在笼子附近的树丛、挂狩猎服的树的四周寻找。有一处的树丛被践踏过,有些灌木被折断,似乎发生过搏斗。

寻找又扩大到较远的林子里。哈尔不停地呼喊:"乔罗,图图。"

没有回答。哈尔的心往下沉。难道他会失去两个最得力的助手?这时他听见罗杰喊:"他们在这里!"

哈尔跑过去一看,一块巨石后面的洼地上躺着这两个人。他们的手脚被绑着,嘴里堵着东西。看来,他们曾被粗野地殴打过,不过还都活着。兄弟俩将两人口里的东西拔出来,割断他们身上的绳索。

"发生了什么事?"哈尔问。

乔罗低着头说:"我们非常惭愧。昨晚轮到图图睡觉我站岗时,虽然十分劳累,但我没合过一眼,一直注意着四周。我听不到有人走过来。突然,一只手捂住了我的嘴。我挣扎着要呼喊,但嘴里立刻被塞进了布。他们也堵住了图图的嘴。我们反抗过,但无济于事。他们把我们的手脚捆绑起来,扔在这里。"

"他们的人多吗?"

"是的。"

"是些什么样的人?"

"我看不见,不过我知道他们不是黑人,也不是白人。"

"胡闹。"哈尔说,"既然你看不见,你怎么知道他们的肤色?"

"根据他们的气味。他们身上不像黑人那样散发着太阳和泥土的气息,也不像白人带有烟草味。他们的身上有茶叶、薄荷以及那种从北方到蒙巴萨①来的帆船的气味。"

"阿拉伯人?"哈尔猜想,"他们来这月亮山干什么?"

蒙博酋长不明白他们谈到的所谓阿拉伯人是怎么回事。

"我想,他们是邪恶的幽灵。他们的头领就是'雷公'。他来过这儿!"

"我没听说过你们的'雷公'。"乔罗回答。

"'雷公'的头伸进高高的星际之中,我们听见的雷声就是他说话的声音。他的眼睛还会放出闪电。"

"但刚才既没有雷鸣也没有闪电呀。"

蒙博点点头:"他不发出声响,并且将眼皮涂黑,就不会惊动我们。你们有没有看见一个强壮得像头牛、大树般高的人?"

"黑暗中我看不清楚,但他们个个健壮得似牛。开始,许多人要抓我,但我也很强壮,把他们甩掉了。这时有两只大手靠近我,卡着我的脖子,使我的力气殆尽。我从来没有感觉过这样强

---

① 蒙巴萨:非洲国家肯尼亚的一个港口城市。

18 绑架

有力的手。"

"对了,对了!"蒙博激动起来,"那就是'雷公'。他带走了我的儿子。我要不回我的儿子了。活着的人没有一个能敌得过'雷公'的。"

"我们能斗赢他,一定的,"哈尔说,"我们一定尽力帮你找回儿子。不过很抱歉,我不赞成你刚才那些吓唬人的故事。如果昨晚真有这样的人,我就吃掉我的帽子。"

罗杰正在仔细地打量着地面:"好,你就等着吃帽子吧。瞧这些脚印。"

地上大多数脚印都是赤脚的,大小也没有什么特别。但也有些印得比较深的脚印,是巨大靴子印上去的。

突然间,哈尔感到不如刚才那么自信了,一股恐惧的寒气爬上他的脊背。他可以肯定,他的对手不是什么幽灵,但也不是一个普通的人。他一定长得非常高大,穿着大靴子。他一定非常重,否则不会在地上踩出这样深的脚印。他的重量不是由于他的脂肪,而是他的肌肉,可怕的肌肉,乔罗已感受过它的力量。

远远不止这些。这个人除了有着坚实的肌肉,还有着非凡的本领。他能够不出声息地溜进营地,撂倒两个站岗的汉子,堵上他们的嘴,捆住他们的手脚,打开酋长家的锁,把他的儿子带走,还不让他弄出一点声音。他们还偷走了牛。最了不起的是将两头大象赶走,不但没有激怒它们,也没让它们发出任何声音。

不过,哈尔是不会让别人看出他的不安的。他对罗杰等人说:"那家伙的大脚印正好让我们跟着他。大伙快点吃早餐,20分钟后,我们出发去追踪他们。"

20 分钟后,他们已经上了路,跟着大靴子印和两头大象的脚印走去。乔罗和图图虽然过了一个艰难的夜晚,但他们也坚持要去。乔罗是哈尔主要的猎物踪迹辨认人,有了他,哈尔他们一定能追到盗贼的藏身之处。村里的一些人也想跟着去,蒙博酋长制止了他们,说道:"你们是不是想把我们大家都给毁了?如果惹怒了'雷公',我们就全完了。他一只手就可以把整座村庄捏碎。我本想也跟着去找博,因为我是他的父亲。但我也是酋长,我必须考虑全村人的利益。"

刚开始的时候,跟踪很容易,有时候虽然没有人的脚印,但可以跟着那些又深又大的大象脚印。

大象的前足留下一个直径为 2 英尺、深为 3 英寸的圆形小坑;后足印是椭圆的,就像一只大盘子,有 3 英尺长 2 英尺宽。

世界上其他的动物在行走时都不会留下这样明显的痕迹的。

"简直太容易了,"罗杰笑起来,"不管怎么说,那些人也不是多么精明。我们一定会很快追上他们,然后好好教训教训他们。"

哈尔此刻正在观看地上的脚印。他问图图:

"你认为他们有多少人?"

"也许 12 人,也许 15 人。"

"我们有 30 人,"罗杰高兴地说,"不用费什么气力就可以把他们制服。"

"他们在营地也许还有很多人,"哈尔提醒他,"他们必定知道他们已留下明显的痕迹。我想,事情不会这么简单,我们也不会这么安全,他们一定会在什么地方等着我们。大家都把眼睛睁大点!"

18 绑架

哈尔他们正在通过一个开着许多花的林子。花茎有小树干那么粗,花儿高高吊在他们头顶上。红花半边莲笔直地站立着,像一支支20英尺高的巨型蜡烛,上面开着的花红得犹如一片火焰。

不一会儿,他们进入一片竹林,那里又换了另一种景色。头顶上尖尖的竹叶在黑色夜幕的衬托下呈现出漂亮的绿色。持续不断的雾霭使竹叶湿淋淋的,珍珠般的小水珠滴在潮润的泥土上。粗壮的竹子就像教堂里的柱子那样笔直。

"一定要很长时间才能长成这么高大吧。"罗杰估计着。

"你会吃惊的,"哈尔说,"你看,这儿一分钟也没有干过,所以竹子一直在疯长,两个月就可以长到100英尺。我不是开玩笑。"哈尔微笑着,看了看一脸惊讶的罗杰,"你想想看,在我们那里,一棵树至少要20到30年才能长成100英尺,还要看是什么样的树。当然,竹子在任何地方都长得更快些,不过这里的竹子要比其他任何地方的长得快。"

"那么,这里的竹子都只有两个月的竹龄了?我不相信。"

"真是这样的。"

"它们还一直长下去吗?"

"不,100英尺就是它们的顶点了。"

"此后它们又会怎样呢?"

"开花,但只开一次,然后枯死。花上的种子掉在地上,开始萌芽,再长成新的竹子。你看,这儿有一棵,刚开始长呢。"

一根大约有罗杰大腿那样粗的竹笋长出了1英尺。

"昨天它还没有呢!"哈尔说,"这是夜里才长出来的。"

"你怎么知道?"

"科学考察队来过这里。他们做过详细的测量。这些都写在植物学书里。若不相信,你可以自己去看看。开头的几个星期,一根竹笋一天可以长高 2 英尺左右,以后就长得慢些了。不过许多竹笋都没有机会长大。"

"为什么?"

"因为它们被动物吃掉了。竹笋又嫩又甜,味道非常鲜美。"

"这我知道。我曾在中国餐馆里吃过。"

"是的。瓦杜西人和俾格米人也都喜欢吃。它也是大猩猩的佳肴。瞧,有大猩猩来过。"

脚印很清楚,是赤脚的,但可以肯定不是人类的,因为与这些脚印相比,哈尔的狩猎队队员的脚印好像是小孩子留下的似的。

除大小相差太大之外,这些脚印也挺像人类的,因为上面有 5 个脚趾印。

"为什么这些脚趾印那么深呢?"罗杰问。

"因为大猩猩很重。一只雄性大猩猩可重达 700 磅,大概是成人的体重的 4 倍。"

"你说大猩猩来过这儿,为什么它们不吃这些竹笋?"

"可能是在竹笋长出来之前来过。呀,快点,伙计,我们要落下了。如果这些长毛先生出来,我可不愿意一个人会见它们。"

"你这是什么意思?一个人?还有我呢。"

哈尔笑起来,说道:"你能帮大忙?一只大猩猩只要轻轻拍一下就足以把你打翻在地。"他又看看四周,说:"说不定这些家伙正在窥视我们呢。"

18 绑架

"我们用不着担心,"罗杰轻轻地说,"如果有什么野兽想找麻烦,早就袭击过我们前面的人了。"

"袭击有 30 人的一伙?不那么容易。两个像我们这样的孩子,倒是有可能被挑中作为它们的猎物的。"

"也许跟大多数动物那样,我们不惹它们,它们也不会理睬我们吧。"

"是从故事书上看到的吗?"哈尔说,"也对也不对,因为我们不知道怎样才算是惹它们。"

两个男孩加快脚步追赶其他的人。他们已经走远,看不见了。这时,雨下得越来越大,乌云密布,森林里一片黑暗,四周传来低沉的响声,哈尔和罗杰显得那么孤独,不由得东张西望,生怕有一只大猩猩从树后扑跳出来。

"瞧!一个大猩猩窝。"哈尔喊道。

这是一个用树枝和小枝条交错搭成的十分粗糙简陋的窝,高出地面约 2 英尺,活像个"弹簧床垫"。

"我还以为它们住在树上呢。"

"它们能爬树,却不愿意爬。因为它们非常笨重,会把树枝压断的。最大的猩猩总也不离开地面的。"

低沉的响声越来越密,越来越近。罗杰抢先一步,勇敢地走在哈尔的前头。不过,没有一只"猴子"出来戏弄他。就这样,罗杰在前,哈尔在后,两人匆匆朝前赶去。虽然吃了早饭没有多久,像其他容易饿的男孩子一样,罗杰已感到饥肠辘辘,两腿沉重无力。突然他发现阴暗处有一根竹笋,大猩猩能吃,为什么他就不能尝尝呢。罗杰拿出狩猎刀,将竹笋砍了下来。

19

发怒的大猩猩

一阵尖叫划破了黑暗，令罗杰魂飞胆丧。5英尺外有一团黑色的东西，罗杰起初还以为是一片阴影，现在他看清楚了，是一头有如瓦杜西人那么高，三四个瓦杜西人那么粗的大猩猩，浑身上下尽是黑毛，只露出微微发亮、洁白的牙齿。深深凹下去的眼睛也是黑的，鼻孔就像黑色的橡胶，嘴巴周围的汗毛有如黑色的刷子。

它飞快伸出一只黑手一把抢去罗杰手中的竹笋，然后扔进树丛中，吱吱叫着的幼崽猩猩立刻接住。这时，大猩猩不断地捶打自己宽阔的胸膛，发出沉闷的捶击声。它还嫌不够，又尖叫起来。

整个林子里回荡着这混合的喧嚷声。

这是罗杰终生难忘的教训。对于动物，你不知道是什么惹得它们恼火，等你明白过来，说不定就完蛋了。这头大猩猩大发脾气，就是因为罗杰砍了被认为是它家的午餐——竹笋。

罗杰的心怦怦直跳，犹如一个舰艇推动器发出的声音。罗杰一步步往后退。他敌不过这头庞然大物，再说他和哈尔都没有带枪，只有刀子，但是，要对付这头巨大的大猩猩，那只不过是牙签而已。

哈尔一直站着不动，罗杰往哈尔那边退去。

19 发怒的大猩猩

"站住别动。一步也不能再退了。如果它知道你怕它,非把你的头拧下来不可。"哈尔喊道。

哈尔跨前一步和罗杰并排站在一起。大猩猩还在使劲地嗥叫,挥动着长满 8 英寸长毛的巨臂,用手掌猛地拍打自己的胸脯。

"我们试试用它的语言对对话。"哈尔说着,也学着大猩猩的样子,捶打自己的胸,咧开嘴,龇着牙,把他那张原来很漂亮的脸扭得跟猩猩一样丑陋,并高声尖叫。罗杰也学着他哥哥的样子。正在扯破喉咙大声叫喊的男孩,一头不停地捶打不断地嗥叫的大猩猩。四周其他猩猩的叫声,鼓声似的敲打胸脯声,连小鸟兴奋的叽叽喳喳叫声,也加进这个大合唱。

这时,一些队员折了回来看看他们的主人出了什么事。他们被眼前的奇怪情景镇住了:全身是毛的"赫拉克勒斯"①吼叫着,想吓走两个孩子;而这两个孩子面无惧色,反而装扮着最难看的鬼脸,拍打着胸脯,大声嚷嚷,好像随时准备上前与大猩猩扭打。这头猩猩的重量比他俩的体重加起来还要重一倍。

这几个队员一时还想不出办法来,但看到哈尔兄弟就快赢了。大猩猩害怕了,它后退了几步,哈尔和罗杰立刻上前几步,并且不停地挥动着手臂,好像就要冲过去将它一块块撕成碎片。

大猩猩停住了叫嚷。它的表情全变了,眼睛里露出害怕的神情。

它转向一旁,朝下垂落双手,紧握拳头,用指关节撑地,像

---

① 赫拉克勒斯:是希腊神话故事中的主神宙斯之子,力大无穷,此处指大猩猩。

其他猩猩一样,笨拙地四肢并用走进了丛林,它的身后留下一串凹痕和脚印。哈尔和罗杰这时才意识到,他们几乎被吓瘫了。

"我的两条腿简直成了细条实心面,硬邦邦地动弹不得。"这是罗杰在埋怨。

哈尔笑起来:"你大概是需要一些营养,来,吃点竹笋吧。"

"我宁可挨饿,"罗杰说着,朝四周看看,他害怕再看到窥视着的黑眼睛,"从现在开始,只要碰上竹笋,我是绝不乱动了,它是大猩猩专用的。"

两个男孩重新回到队伍。过了一会儿,他们终于走出竹林来到一片空旷的平地,每个人都深深地舒了一口气。

放眼望去,不远处有一个湖,虽然下着瓢泼大雨,它的景色依然动人。哈尔从地图上找到了它,它叫作绿湖。

绿湖在一个山坡上,那里有一个很奇异的景色。山坡是由一块块往外突出的平台组成的。每个平台上都有一个湖。早先的探险家们给它们起了名字:绿湖、黑湖、白湖、灰湖。由于每天都下雨,冰川上融化了的水又源源不断流进,所以湖水总是满满的。一个平台上的湖水像瀑布似的飞落到下面平台上的湖里。绿湖的另一边,瀑布一侧长着一些很大的花,这些花在哈尔他们家乡通常是别在纽扣孔上做装饰用的,而现在,它的花茎竟有二三十英尺,有的甚至40英尺。

乔罗感到不安地说:

"雨水把他们的脚印冲掉了。这样下去,我们就找不到他们的踪迹了。"

突然,乔罗站住了。就在他的鼻尖前面,伏在一朵巨花边缘

19　发怒的大猩猩

上有一只动物。这是月亮山中样子最令人害怕的动物之一,叫作变色蜥蜴。它长着鱼皮似的皮肤,眼睛向外凸着,丑陋的前额上伸出3只触角。

"这是恶兆,"乔罗说,"要是看到这样东西,任何人都要往回走。如果继续前进的话,就会倒霉的。"

从来对当地迷信思想没有好感的哈尔说话了:"我们照样向前走,总不能被这样一只小小的难看动物吓住吧。"

不过其他的人都站住不动,恐惧地望着这只样子可怕的爬行动物。他们和乔罗一样,都说要返回营地。

"你们听着,"哈尔说,"你们是勇敢的人。你们曾经面对陆地上最大的动物毫不畏惧。你们也曾英勇地和大象、犀牛、狮子较量过。我不希望你们对我说,你们害怕这只既不会刺人也不会咬人的蜥蜴。"

哈尔把一只手指放近蜥蜴的嘴巴。大家惊恐地看着,一声不发。蜥蜴一动也不动。这时,正好一只苍蝇飞来停在哈尔的手指上。蜥蜴立刻伸出像蛇那样的长舌头,逮住了苍蝇,送进嘴里。

"就像食蚁兽,"哈尔对罗杰说,"这种蜥蜴的舌头很长而且有黏性,任何昆虫碰上都逃脱不了。"

这只古怪蜥蜴的眼睛可以转动,还可以同时看着不同两处的物体。如今,它一只眼睛盯着罗杰,另一只却看着哈尔。两只眼球向外鼓着。更奇怪的是,可以一只眼睛向上看,另一只往下看。就这些已经足以使非洲人对它又敬又畏了。

还有一个令人觉得它有魔力的原因是它的变色能力。刚才它伏在花瓣上的蓝色部分处,它的皮肤就呈蓝色;哈尔把它提起来放在花瓣的橙色处，它的皮肤也随着变成了橙色。

"你瞧，它有魔法。"乔罗说。

"我再让你们看看更多的魔法。"哈尔说着，用小指头接连戳了几下这条蜥蜴，它立刻像吹气球似的大了起来。乔罗他们吓得直往后退，并且低声嘀咕着。

"它就是用这种办法吓走那些骚扰它的人或动物的，"哈尔解释，"它可以吸进空气使身体膨胀起来，就像某些鱼那样。河豚、箭鱼都有这个本事，使它们看起来比原来的体积大，从而把敌人吓走。你们当然不会被这小小的家伙吓坏的。怎么办，酋长的儿子呢？难道你们不关心博的命运吗？还有我们的大象，难道你们让它被劫走而无动于衷？"

"不过这确实是恶兆。"乔罗重复着刚才的话，"我们要回营地去。"

"那好吧。你们不去，我和罗杰也要去的。"哈尔说。

说罢，他走过变色蜥蜴，大踏步朝前走去。罗杰连忙赶了上去。

走了不到半英里路，乔罗追了上来，走在他俩身旁。

"你们真的不折回头？"

"是的，不回头，"哈尔坚定地回答，"你用不着跟来。"

"我和你们一起去。"

"碰上厄运怎么办？"

"如果有的话，我们一起分担。"

哈尔为这黑人的忠诚深深感动。他知道，乔罗敢于打破几百年来固有的禁忌，真是一种了不起的行动。对于乔罗来说，越过

19 发怒的大猩猩

那条变色蜥蜴就好像要哈尔扑向迎面开来的火车那样,是一件极其严峻的事。

跟上来的并不止乔罗一个人,过了一会儿,图图提着枪,喘着气也上来了。他看哈尔惊讶地望着他,就说:"我想你们会需要这个。"他拍拍手上的枪。

"好吧,"哈尔说,"把枪给我,你回去吧。"

图图紧握着枪,说:"不,不,这枪应该是我拿的。"

图图对他自己的职责深感自豪。枪手,在非洲的狩猎队中,是一个非常重要的角色。他的枪必须随时准备好,当主人要用时能立刻将枪递到他手里。图图从来没有失职过,哈尔相信他永远也不会失职。

哈尔也相信其他人不会失职,所以当他们一个个全都跟上来时,他并不觉得惊讶。

20

奴隶贩子

雨哗啦啦地下着,头顶上的云块越聚越多,10英尺以外的东西就看不清了。

但他们仍能辨认出大象的脚印和人的脚印,穿靴子的和赤脚的。这中间夹杂着一些较小的脚印,一定是酋长儿子留下的。

"可怜的博!"哈尔说,"一个多英俊的孩子。听说,被拐走的男孩和女孩都是长得漂亮。为什么那些拐孩子的人对面孔好看不好看那么关注呢?"

"我知道,但不敢肯定。"乔罗说。

"你是怎么想的?"哈尔问。

"他们是绑架者,是奴隶贩子。他们拐走男孩和女孩,然后将他们卖掉。他们只需要漂亮的,因为漂亮的可卖大价钱。"

罗杰听了忙问:"你是说,卖掉他们?"

"是的,先生。"

"这是不允许的呀。我是说,有法律规定的。奴隶买卖早在100多年前就被禁止了的。"

"乔罗说得也许对,"哈尔说,"当然,那些越过大西洋大规模地贩卖黑人早已被严禁了,但一些小宗的贩卖一直在非洲某些地方通过秘密途径非法进行。眼下,这里——印度洋的边上,就有这种交易。当然有法律禁止贩卖奴隶。如果奴隶贩子被抓获,

20 奴隶贩子

是要重重处罚的。但他们趁没有人注意时,又照样干贩卖奴隶的勾当。几个星期前,内罗毕的报纸就登载过有关此事的长篇报道。"

"他们怎么做这个买卖呢?博被带到什么地方呢?其他的孩子又去了哪里?"罗杰忙不迭地问。

"也许被送去北边的一个半岛,有人用很多的钱买奴隶,"哈尔打量了一下罗杰,"我看你就值整整1000美元。如果你长得再漂亮些,就更值钱了。"

"谢谢你啦,本人不准备出售。你刚才那些话不是瞎说吧。我很想知道,这些人,怎么花得起这么多的钱去买奴隶?"

"在有的国家,有许许多多的百万富翁和酋长。他们以拥有众多的奴隶为荣。他们计算一个人的财富,不是看他拥有多少钱财,而是看他有多少个奴隶。比方说,他是个'十位奴隶'酋长,或他是位'一千奴隶'酋长。据估计,在那个半岛上有50万奴隶,而且这个数字每年还要增加一万。对那些独桅三角帆船来说,真是个好生意。"

"什么独桅帆船?"

"让乔罗告诉你吧,他住得靠近海岸。"

"独桅三角帆船,"乔罗解释道,"是一种船,船上只有帆没有动力。它们运来地毯、披巾、鲨鱼干、盐、椰枣和罐装食油,然后带回木材、炭、咖啡、动物和奴隶。大多数的船都是每年的最后一个月到第二年的4月驶来。这段时间里,我们就把年轻人送往森林躲起来,以免被他们拐走。当西南季风将帆船送走后,我们才将年轻人接回来。不过我们从来不能将他们如数带回。那些奴隶贩子往往深入到森林里偷我们的人。要知道，这是一宗大生意。"

"这宗生意做得太大了，连联合国也专门指定一个委员会去调查。不过他们很快就发现，这是一件相当棘手的事情，大概要好多年才能制止得住。据说他们希望在20世纪80年代前结束这种状况。乔罗，你亲眼看见过帆船装上奴隶吗？"

"是的。这些小帆船晚上躲进我家附近的一个小海湾里。我躲进树丛后偷看，我看见了那些拐子。"

"什么拐子？"罗杰问。

"也就是贩卖奴隶的人，是另一种叫法。"哈尔插话。

"我看见那些拐子，"乔罗继续说，"赶着拐来的男孩和女孩从树林里走出来。孩子们的脚踝上都戴着链条，一脸倦容，有的在哭喊着，稍不合拐子的意，就要受到鞭打。除了孩子，拐子们还运走大象、羚、牛。上船后，动物被绑在甲板上，人则被关在船舱里。那儿没有亮光，空气稀少，散发着一股臭味。"

"你上过这些船吗？"

"我去过好几次，是去卖我们农场的咖啡。去年没有咖啡可卖，我很穷，只好在船上找个活干。船是半夜起航的，顺风走得很快。它的船壳用鱼油涂抹过，航行起来很轻快。这样的航行也要好几天。然后我们在一处荒凉的海湾登岸。这时已有许多人骑着骆驼或乘车前来等着购买奴隶。孩子们被赶出船舱上了岸，站在一个稍高的平台上，这样大家都能看清楚他们。孩子们很痛苦地站在猛烈的阳光下，铁链磨伤了他们，又饥又渴，但奴隶贩子一点也不可怜他们。有一个人专门叫卖着。"

20 奴隶贩子

"是拍卖商吗？"哈尔猜测。

"是的。这个人带出一个男孩，大概和博的年纪相仿，然后问：'这个孩子你们出多少钱？'他让孩子在台上走来走去，最后把他卖给了出钱最多的人。孩子就像一袋咖啡被扔上骆驼背上驮走了。动物也是这样卖掉的。生意做完，这些帆船又回到非洲去运奴隶。后来我不干了，回到了我的农场。我不喜欢这些帆船，以后再也不会到船上去了。"

"我认为，"罗杰说，"如果联合国派军队上船并且释放孩子们，就能很快制止这样的贩卖活动。"

"他们尝试过的，"哈尔说，"为此还投过票，授权给联合国搜寻并且扣押贩卖奴隶的船只。"

"太残酷太野蛮了，"罗杰说，"你能不能告诉我，如果我走进这样的奴隶市场，是不是也能买上一个奴隶？"

"当然可以。我就听说有一个英国人买过。他叫威斯康德·摩格汉姆，是一位上议院议员。上议院不相信贩卖奴隶的存在。他想证明确有其事，于是乘车穿过撒哈拉沙漠，在一个地方停下，花了 36 英镑买了一个叫艾布略·英姆的 20 岁奴隶。议员把此事报告了上议院。他说：'我当然要让这个奴隶自由。我把他买回来是为了说明贩卖奴隶的买卖是很兴旺的。'"

"嗯，那是什么时候的事情？200 年前吗？"罗杰问。

"是 1960 年 8 月发生的。另外，几个星期前，有一件更奇怪的事。许多英国农场主从一个南罗得西亚白人那里得到一份通知，说是愿意向他们出卖黑人，每个付 145 英镑，或是每个每月 5 英镑，共付两年。我不相信他能卖得出去，不过这说明贩卖奴隶的事确实存在。我敢说,这个穿靴子带走博的人一定是个奴隶贩子。"

"我也嗅出了他的气味,"乔罗补充说,"他有帆船上那种味儿。"

"好,现在我希望你能嗅出些他的气味来。越快越好,"罗杰说,"如果我们想把博追回来,得快点。"

他们来到了湖边。脚印在这儿消失了,连跟踪专家乔罗也甚为纳闷。

"这帮家伙真狡猾,"乔罗说,"我们现在无从知道他们的去向。他们一定是走进水里的,但往哪个方向呢?也许,他们往左拐,沿着湖边浅水带往前走?也许向右沿着湖岸走?也许游过了湖,然后又朝什么方向去了呢?"

"大象也会游泳?"罗杰问。

"它们都是游泳健将,"哈尔说,"但它们宁可走路。如果水不是很深的话,它们就踩着湖底走。有时候水太深,它们才不得不把脑袋浸在水里。"

"怎么呼吸呢?"罗杰很想知道。

"它们把鼻尖高高伸出水面,像一个潜望镜。"

"我看它们一定会在湖底留下痕迹的。"罗杰说。

乔罗已经潜进水里观察。如果大象留下踪迹,他一定能看到的。过了一会儿,他又潜到浅水处,仔细地寻觅着。不过他什么也看不清,因为他入水的时候搅动了湖底的烂泥,带起了一串轻微的泥浆泡,使湖水成了褐色。

乔罗回到岸边。被他搅浑了的湖水慢慢静了下来,泥浆缓缓

20 奴隶贩子

往下沉,不一会儿,湖水又变得清澈见底。他刚才在湖底留下的脚印已被泥浆填上了,什么痕迹也没有。

大象和那些人贩子的脚印也一定是这样被泥浆填满,湖底又像原来那样平滑,仿佛从来没有人搅动过似的。

"他们一定是在湖的什么地方上了岸,"哈尔说,"我们分头沿着湖岸找,一直到找到为止。"

乔罗不大相信哈尔的办法会有效,但又没有其他主意,只好领路来到湖的左岸,仔细地寻找奴隶贩子的足迹。雨滴不断飘落下来,人们走在路上很不舒服,有些队员甚至开始发牢骚了。

湖西岸尽头的路更难走。这里不是硬泥地面,却是许多又黑又软的烂泥潭,一脚踩下去可没至膝盖。哈尔看了一下地图,原来这里正是著名的比高沼泽地。探险家们曾经记下过它的恐怖。这里的烂泥潭就像一锅用同等的水和烂泥混合起来的黏糊糊的汤,人踩下去,会越陷越深,很难拔出再迈第二步。

这种地带不能称为流沙区,因为一点沙也没有,或许可以把它叫作流泥区吧。乔罗忽然陷进一个泥潭,泥浆一下子涌到他的腰部。人们费了好大劲才把他拖了上来。这时候,浓雾散开了些,罗杰忽然喊了起来:"快看,我们的大象。"

茫茫雾色中,可以看见两头大象:一头大,另一头稍小。

罗杰急切地跑过去。他跑得太快了,一脚绊在一大块青苔上,跌落在一个泥潭里,泥浆立刻将他淹没了。

哈尔和乔罗在泥浆里摸索着,终于抓到罗杰的一只手臂,把他拖了出来。可怜的罗杰全身上下都是稀泥。他只顾得上揩去眼里的泥,又朝大象奔去。

20 奴隶贩子

"'大小子',看见你,我多高兴啊!"

跑近了,罗杰定睛一看,不是他的"大小子",那头稍大的也不是原来捉住的那头。这两头象正处于困境。那头稍小的——一头年轻的公象,深深陷在泥潭里;那头大的,显然是它的母亲,正在用力把它拉出来。

同样陷在泥潭里几乎动弹不得的哈尔一行人,无法上前救助,只好眼睁睁地看着。

21

泥潭里的公象

那头小公象惊恐地尖叫着,它一直往下陷,越是用力,陷得越深。

母象用鼻子钩着它孩子的鼻子,想把它拉上来,但是拉不动。它只好用长牙从小公象的胁腹处往上掀,也不管用。

母象朝人群望去,哀鸣着向人们求助。他们也没有办法。母象决定用最危险的办法来救它的孩子,不过它可能会因此而丢掉性命。只见它一头沉入水中,向小公象身下拱去,让公象的重量压在自己的颈背上,然后它用尽全力将小公象托了起来。

小公象被推出了泥潭,双腿离开泥浆时发出巨大的吸吮声。它挣扎着上了草地,过了泥潭,终于踩上硬地。这时它喘着气,回头望去,但看不到它的母亲了。母象由于用力托起它,自己深深陷入了泥潭,已经挣扎不出来。它的身体被泥浆淹没,只有鼻子顶端几寸还露在外面乱舞着,不一会儿,也消失了。

不论是人类或动物,还有比这更伟大的母爱吗?人们激动地看着这一幕。泪水从那些黑色的面孔流下来。非洲人是不轻易流泪的。

突然他们警觉到,如果不赶快逃离这地狱般的泥潭,也许会跟母象一样,陷进这水中坟墓的。他们在泥浆中挣扎翻滚,奋力向前,终于踏上小公象旁一块坚硬的地面。

21 泥潭里的公象

小公象打着冷战,不断呼唤着它的母亲,并没有注意人们的到来。它的个头和年龄要比"大小子"稍大。也许是没有见过人类,它对这些人并不感到害怕。罗杰走上前替它抹去眼睛及嘴里的泥浆时,它把这一切都视为理所当然的事了。当罗杰走开,它像那些没有了母亲的小象一样,跟上了它的新朋友。

这一天大家都非常疲乏,哈尔不忍心叫他们再找下去,至少今天不能这样。另外,乔罗也说,雨水已把所有的痕迹冲掉了。于是他们踏上了漫长沉闷的归途。

罗杰实在是饿极了,不过当他们再次经过竹林时,在嘟嘟哝哝的大猩猩的虎视眈眈下,罗杰对美味诱人的竹笋再也提不起胃口。

全身沾满泥巴的大队人马终于回到了营地,蒙博酋长连忙出来迎接他们。

"你们见到我的儿子吗?"

哈尔难过地摇摇头。

蒙博抬起充满忧伤的眼睛,朝着看不见的月亮山方向望去,轻轻地说:"这是'雷公'的意愿,我再也见不到我的儿子了。"

"不要这么快就绝望,"哈尔劝说,"我们还要再去寻找。你向警察局报告了吗?"

"我已派人到蒙特旺加送信去了。不过我认为不会有什么好消息的。警察太忙,不会花时间去寻找一个小孩的。"他悲伤地摇着头,回到自己的屋子去了。

泥猴似的哈尔、罗杰和其他队员奔到湖边,跃进水里。小公象也跟着下到湖中。罗杰叫人到供给车上拿来一只硬刷子,亲自替小公象洗刷皮肤。它满意极了，不时发出哼哼声，还用鼻子吸入湖水，喷在自己及每个人的身上。

午饭好了，人和象都饿极了。小公象用长鼻子喝牛奶，还一下子吃了好几百磅莫伯尼叶子，因为它已长大，可以食固体食物了。

"今天晚上我们把它怎么办呢？"罗杰在想，"那些奴隶贩子会把它偷走的，就像他们偷走'大小子'那样。"

哈尔建议："把它关在笼子里，也许会安全些吧！"

小公象起初说什么也不肯走进笼子。罗杰只好自己先进到笼子里，它这才情愿地跟了去。罗杰然后溜出来把门关上。

小公象大声吼叫以示抗议，还从笼子的铁条间伸出鼻子挥舞着。罗杰轻轻地抚摸着它的鼻子，直到它安静下来。

为了保险，罗杰在上了锁的铁笼门上又加了一把锁。

"我倒要看看那些人怎样打开这些锁。"罗杰说。

"但我们不能冒险，"哈尔说，"我得在这儿布置岗哨。"

由于哈尔的队员都疲惫不堪，蒙博酋长派了两个高大健壮的瓦杜西人手持长矛站在笼旁，守卫着小公象。

世界上没有任何声音能和发狂的大象的叫声相比。你可以说它是啸叫，但只讲对了一半；你也可以说它是尖叫，但比尖叫更厉害。它不像狮子的怒吼，野牛的咆哮，更不像犀牛的喷鼻声。

把所有这些声音混合起来，你仍无法比拟发狂的大象的叫声。叫声从这些世界陆地上最大动物的内部深处发出，然后往上升，升到似乎要撕裂你的脑袋。它是沉闷的隆隆雷声，树的节疤被锯开的断裂声，铸造生铁发出的轰鸣声，救火车或者空袭警报

21 泥潭里的公象

器的啸鸣声的总和，令你感到背上阵阵凉气，毛骨悚然。

简直无法描绘这样的声音。它能唤醒睡得最酣的人。这声音果真来了，那是在天亮前，一阵阵这样的叫声使罗杰猛地睁开眼睛，全身颤抖着，如同碰上了高压线。

罗杰躺在床上僵了好一阵才跃起跑出帐篷，看看他的小公象发生了什么事。

靠近笼子时他被什么东西绊了一下摔倒了，是一个看守的身体。他摸了摸，还有点余热，但脉搏已经没有了。几步之外，他的手又摸到另一个看守，他也死了。

哈尔赶来了。人们不断从帐篷、茅舍里出来。大象悲切痛苦高亢的叫声仿佛要将黑夜撕碎。

放着笼子的卡车在大象来回的碰撞下，发出吱吱的响声。

"大象出了什么事？"哈尔问。

"是被奴隶贩子吓坏了吧！"

罗杰摸摸那两把锁，其中一把已被打开，另一把还紧锁着。

罗杰飞快跑回帐篷拿来钥匙，准备打开另一把锁。

"你想干什么？"哈尔问。

"这象一定是吓坏了，"罗杰说，"我要进去让它安静下来。"

"它会要你的命！"

"不会的，它认得我。"

罗杰说着，开了锁，闪进笼子。

"哦，没事的，没事的。"他对小公象轻轻地说。

他惊讶地发现，他的话不起作用。是不是公象自己的声音淹没了罗杰的声音？发怒的公象一下子将他撞倒。他刚刚来得及摇摇晃晃站起来，又被它死死顶在笼边上。它要是再用一点力，罗杰的肋骨马上就要断了。

罗杰想摸摸它的鼻子。抚摩它的鼻子或许能使它安静下来。

罗杰摸到了一只耳朵，一根象牙。他将手摸在应是象鼻子的位置上，那里没有鼻子，黏糊糊带着血腥味的什么东西滴在他手上。

罗杰再往上摸。他的手触到冰凉的湿漉漉的肉——残留的象鼻子。

一瞬间，罗杰什么都明白了。这些奴隶贩子杀死两个看守，想盗走小公象，但他们打不开锁着的门，而小公象以为是它的朋友来了，于是从铁条间伸出长鼻子。奴隶贩子偷不到大象，恼羞成怒，竟把象鼻子砍了下来。这样，大象对谁都没有用了。没有一个动物园会要一头缺鼻子的大象。

他们很清楚，大象的鼻子是身体中最敏感的部位，把它砍掉意味着可怕的痛苦，大象会为此发狂，或许还会杀死自己的主人。

罗杰跳向铁门，他要在被大象再次挤压或踩在脚下之前逃出去。

他终于出了笼子，但那是一对象牙把他挑起扔出去的。罗杰被抛出15英尺之外，头碰在一块大石头上，顿时软绵绵地倒了下去，殷红的鲜血直往下滴。

哈尔疾步上前拉起罗杰躲向一旁。这时小公象已经冲出笼子，朝它遇到的一切东西猛撞过去。

男人、女人和孩子就像被飓风吹得四散的叶子，七零八落。

21 泥潭里的公象

有许多人被小公象撞倒受了重伤。

发疯似的小公象又去碰撞茅屋,用锐利的象牙挑开纸莎草编织的墙,扯下屋顶的茅草抛向半空,践踏碰巧留在屋子里的人。

突然间,一声枪响,小公象应声倒在它自己的足迹上。

晨曦中,罗杰看见哈尔手上提着枪。此刻,他恨透了他哥哥。

"你为什么把小公象打死?"

"要不然,你还有什么办法对付它?"

"如果再多给我几分钟,我一定会让它平静下来的。"

"再多几分钟,就会有更多的人被它撞死踩死。因为疼痛它才发了疯,还是让它早点结束痛苦吧。"

"我们有药品,"罗杰说,"我们可以为它止痛,包扎鼻子上的伤口。不出几个星期它就会恢复健康的。"

"听着,伙计,"哈尔耐心地说,"我理解你的心情。但我这样做会更好些。你很了解,它是绝不会再长出一条新鼻子来的。即使它能活到100岁,残留的鼻子会一直折磨它,因为它只剩下满是神经的一团肉。在它的余生,它是不会停止伤人的。另外,你想过没有?没有鼻子,它怎样去寻食?怎样吃东西?又怎样喝水?它不可能在野外生存下去,当然它也不可能留在动物园里,那里是不会要没有鼻子的大象的。想想吧,我的弟弟。"

村民们早已拿着刀冲向小公象,兴高采烈地准备分享那鲜美的佳肴。罗杰一阵恶心。这头小公象原是他的朋友,如今却成了一堆供人吃的肉。

罗杰没有了小公象,"大小子"也被盗走了,总之,没有一件事是顺心的。他们碰到过好几头大象，竟一头也没能留下。这次的探险也是个失败。他几乎也要相信神奇的月亮山有一股不祥的魔力，令他们不断受挫。他的哥哥开枪打死小公象，他更是痛苦。

他生气地瞧了一眼哈尔。哈尔也是满面忧伤，他突然领悟到哈尔并不会比他好受，因为他是这次行动计划的负责人。然而，哈尔一句抱怨的话也没说。

罗杰懊悔极了，他惴惴不安走上前握住哈尔的手。

"对不起。"

哈尔笑了："没关系。鼓起勇气，我们会成功的。"

22 "大小子"逃回来了

一边品味着丰盛的早餐——羚羊肉排、玉米煎饼和咖啡,哈尔、罗杰和乔罗一边议论着前一个晚上发生的事情。

"我从来没有听说过这样残忍的事,"哈尔说,"他们竟然砍掉了一头小公象的鼻子。我看他们是怀恨在心,偷不到它就将它置于死地。他们很清楚,被砍掉鼻子的小公象会痛得发狂,会把我们的人撞死踩死。够凶残恶毒的了。你俩知道,我是多么渴望捉到一头大象,现在我仍然这么希望。不过,面对那帮残酷的杀手,我倒希望先捉到他们。昨晚他们一定留下很多蛛丝马迹,我们能不能跟踪而去?"

乔罗摇摇头:"跟昨天一样,他们会把我们带到有水的地方,然后将我们甩掉。"

"如果能够知道到哪儿去找他们就好了,"哈尔说,"但是这个月亮山太大了,跟整个英国差不多。"

"跟踪也不是一件容易的事,"罗杰说,"没有现成的路,尽是泥潭、湖泊、丛林、峭壁,再就是冰川。"

"无论如何,"哈尔懒洋洋地说,"我们还要再试一次。"话音里似乎对此不抱什么希望。"叫我们的人准备一下,一小时后出发。"他对乔罗说。

突然,罗杰从凳子上跃起,掀倒了身旁的折叠式桌子,桌面上剩下的早餐撒了一地。

"看!"罗杰兴奋地喊道,"是'大小子'!"

"大小子"正从树林里跑出来。它停下来四处张望,终于看到了罗杰,欢叫着,朝他奔来。

罗杰迎着小象跑去。

他们碰在一起,罗杰差点又让小象撞倒在地。

"瞧你这笨手笨脚的家伙,几乎把我撞倒。"罗杰亲昵地喊道。小象这时高兴地用它的长鼻子缠着罗杰的脖子。这样的亲切拥抱差点又使罗杰喘不过气来。像变魔术似的,四周一下子聚了许多人。大家都很高兴,因为罗杰非常开心。

这当中有一个人闷闷不乐,那就是蒙博酋长。

"我的儿子呢?"他问道,"他没有和'大小子'一起回来吗?"

大伙朝森林望去,哪儿有博的影子?"大小子"是独自逃回来的。像许多有着惊人的返回家园本领的哺乳动物及鸟类那样,"大小子"寻到了回路。

瞧它身上的皮肤是个什么样子啊。几道又红又肿的伤痕深深地嵌在肉里,一定是被"雷公"的大皮靴踢的或是鞭子抽的。

小象跑了老远的路,简直成了"泥象"。罗杰把它带到湖里洗澡。他轻轻地为它洗擦全身,尤其是虱子依附的耳朵后侧、皮肤裂缝或折叠之处,他更是仔细地清洗。

不一会儿,罗杰和他的小象欢快地从水中出来。小象美滋滋地吃了一顿早餐——一桶又一桶的牛奶。它饿坏了,很显然,它在奴隶贩子的营地里是吃不饱的。

22 "大小子"逃回来了

说什么也要把博救出来，说什么也要惩罚那些恶魔。怎样才能找到他们的营地呢？跟着他们的足迹没什么用。

为何不跟着"大小子"的脚印？对，就这样。罗杰兴奋地征求乔罗的意见。

乔罗若有所思地点点头。

"也许能行，也许能行。"

狩猎队出发了。这次他们不再跟着奴隶贩子的脚印，而是小象的。主意是罗杰出的，辨别踪迹还得靠乔罗。他很内行，有时候许多大象的脚印混杂在一起，他也能从中辨认出"大小子"的来。

脚印把他们又带到了绿湖湖畔。这次小象的脚印并没有消失在水中，而是沿着湖岸，但不朝沼泽的方向，而是向右拐过绿湖的东端，经过瀑布顺着斜坡往上到了另一个平台处。那里是另一个湖——黑湖。阴沉的天空下，湖水翻滚着。四周是巨大的棕榈树、含羞草属的植物，连野草也高达 8 英尺。一只巨型犀牛正在悠闲地津津有味地咀嚼着 3 英寸长的荨麻子，好像它们就是冰激凌和糕点。高大的千里光沿着湖边开出硕大的花朵。

眼前神奇的景观令人惊叹不已。罗杰说道："莫不是在梦中吧？"

"这个梦把你带回到 300 万年前，"哈尔告诉他，"300 万年前非洲的大部分地方就像这个样子。在下面不远的塞尔伦格特草原，考古学家们已经发现巨大的猪、羊、鸵鸟和一只特大的狒狒化石，还有一头犀牛的化石，其体积是目前那个地方能发现的犀牛的两倍。可以说，非洲曾经是一块巨大生物的土地，不过除了在这块月亮山地区,巨大生物现在已经灭绝了。"

"我还不大明白,"罗杰问,"为什么其他地方的巨物都已消失,却偏偏这儿的得以留存呢?"

"没有一个人对此能做出满意的回答,"哈尔说,"当然,每天都有充沛的雨量是一个原因,植物因此长得很快很大。有了大量的植物供给动物,它们也长得很大。不过这不是全部的理由。也许还有一个,那就是,月亮山地区与世隔绝,几乎没有人来过。要知道,人是大自然的破坏者。此外,还有一个土质问题。据说,月亮山地区没有受到火山活动的影响,很多世纪以来它的土壤还保留从前的样子。总之,不管原因如何,你现在是生活在300万年前的环境中。你感觉如何?"

"简直不可思议!"罗杰答道。

正说着,四周浓雾变成了蒙蒙细雨。不一会儿,随着隆隆雷声,又下起了倾盆大雨。不到10分钟,小象的脚印完完全全被雨水冲掉了。

突然,雨住了。队员们四处寻找"大小子"的足迹,但再也找不到了。这时候,从躲在雨雾之后的月亮山传来一串雷鸣,好像一个巨人咯咯的笑声。

乔罗命令队员们以他站立的地方为中心,在直径大约100英尺的圆圈内仔细地察看。他们照着做了,每一寸土地都不放过,最后全都聚集在哈尔的四周。他们什么也没有发现,只好无精打采地坐在潮湿的地上。

从看不见的月亮山又传来"咯咯的笑声"。

"难道你们就待在这里被取笑吗?"哈尔动员他们,"你们是

22 "大小子"逃回来了

男子汉，不是孩子。你们要找的也是人，不是魔鬼。用不着害怕他们。我看他们一定是躲在什么地方，绝不会在空中消失的。我们会找到的。好，现在分成几个小组，每组两人，从这里开始，沿着车轮辐条那样不同的方向出发，像用篦子梳头似的把这个地方细细搜索一遍。中午时候大家都到这里来，看看各自发现了什么。"

队员们露出倦容，摇摇头，嘴里还咕哝着什么。然而，他们还是服从了。乔罗把他们分成几个小组，各朝不同方向进发。哈尔和罗杰一组向正北方向走去。回营地的方向当然就不用找了。

他俩来到另一处斜坡。高大的植物伸出长满茸毛的臂状枝条，上面开着餐盘那么大、像雏菊的花朵。脚下的青苔好似柔软的厚地毯，罗杰踩上去一下子没至脑袋。他们好不容易才走了几码路，最后停了下来。

"照这样，一天也走不了 1 英里。"哈尔说。

"那么，这些动物究竟是怎样穿过这片青苔的呢？"罗杰感到很奇怪。

"问得好。如果我们找到答案，事情就好办了。依我看，它们一定是钻地道。走，我们往回走。"

他们艰难地回到那些青苔开始的地方，果然发现在青苔的边缘处有许多地道口，不过都很小，大概是蛇、兔或鼠打的。

"我能从这儿钻进去。"罗杰指着其中一个洞口说。

"你敢冒这个险？不怕迎面碰上一条眼镜蛇？我们再想个好点的办法。"

22 "大小子"逃回来了

一头野猪忽然从一个较大的洞口窜了出来,看见两个男孩,立即停下,打着喷嚏,怒视着他们,好像随时要添点麻烦,野猪的两个长牙像尖刀一样锋利。

"站着别动!"哈尔告诉罗杰。

这只大家伙盯着他们,哼哼叽叽,装出样子要冲向侵犯了它领地的陌生者。它发现他们没有动,也就决定不予理睬,于是喷喷鼻子,晃晃脑袋,一溜烟沿着山坡朝山下跑去。

23

地道

哈尔和罗杰朝野猪钻出来的洞口望去,里面黑洞洞的像个煤窑。洞口的高度大约有3英尺,宽度有2英尺。

罗杰不想再看下去。他反对往里钻:"非得爬着我们才穿得过去。如果半路上碰到另一头野猪怎么办?里面那么黑,什么事情都随时会发生的。"

"记住,"哈尔说,"野猪并不比你更喜欢地道。它也不知道什么时候会遇上一头豹子或者其他不愉快的东西。这样吧,如果你听到呼噜声,就跟着发出呼噜声。我看你学起来是很像的。"

"多谢你的夸奖,"罗杰说,"我发出呼噜声仍不能阻止它的话,怎么办?我要带把小刀在身边。"

"小刀只能用牙齿咬住,"哈尔说,"因为你的双手要撑在地上往前爬。"

两个男孩牙齿紧咬小刀,匍匐着朝地洞深处爬去。他们这副样子足可以吓走真正的野猪。

哈尔领路,前方若有什么麻烦,他先碰到,因此罗杰有了安全感。万一有东西从后面攻上来呢?他不禁担心起来。

如果他们从背面受到袭击,是罗杰首当其冲,再说,他怎么用刀子呢?洞是这样的窄小,他根本转不过身来。

刚才罗杰还以为哈尔有勇气,敢在前面开路,并不是那样

23 地道

的，哈尔前后都有刀子护卫着，而罗杰的前面虽然有哈尔，但身后呢？万一有……由于害怕，罗杰的身子不由自主地微微颤抖着。他担心碰上野猪的尖牙，豹子的利爪和嘴巴，他根本无法应付，因为他掉不过头来。

"怎么样？"哈尔问。青苔的吸音作用使他的声音变得抑闷、低沉。

"很好！"罗杰应道。

他又有了新的忧虑。这条地道究竟有多长？也许会绵延好几英里。地道里的碎石子、小枝条已经刺进了他的手和膝盖。他还能坚持多久呢？

过了一会儿，哈尔又喊了一声。隔着青苔，声音很弱。罗杰也回了一声。

他往前又爬了约几分钟，突然头部碰在一条硬邦邦的青苔柱上。他停下来用手摸索着。原来地道在这儿分岔成了两条，刚才他的头正碰在岔柱上。

他该爬向哪一条？哈尔爬的又是哪一条？

"哈尔！"声音变得那样细小，好像嘴里塞满了东西。青苔把声音吞没了。罗杰没有听见哈尔的回答。他又喊了一声："哈尔！"仍然没有回音。

为什么哈尔不等等他呢？也许哈尔根本没有留意到岔口？罗杰如果不是正好碰在岔柱上，他也不会注意的。罗杰努力使自己平静下来，仔细想想事情该是怎样才合乎情理。如果哈尔没有发现岔口，一定很自然地沿着直的那条岔道爬去。哪一条才是直的呢？

在黑洞洞的地道里，很难做出判断，似乎两条岔道一样直。

罗杰感到心脏怦怦地急速跳动，像有只小锤子在起劲地敲打。他不断安慰自己：心跳加快是由于海拔高的缘故。的确，他们处于一座高山的上部斜坡处，匍匐前进又相当费力，所以才会有上面那种情形。

但是他不想欺骗自己。脉搏加快，呼吸急速，是因为他害怕了。他觉得自己像一只被夹在捕鼠器上的老鼠。

他不愿意单独留在里面，但是又害怕别的什么东西也在地道里。说不定一些长着尖牙，有着利爪和毒齿的野兽在黑暗中正向他窥视着呢。他要是能看清自己在什么地方，该朝哪儿爬该有多好！

他挥起小刀猛砍头顶上的青苔壁。结实得像绳子般的青苔丝互相缠绕在一起合成坚实的一团。他不停地砍着挖着，手臂发酸几乎僵直。终于，顶壁上出现了一丝亮光。他用力再挖下去，直到挖了一个小洞刚好够他伸出脑袋。

多舒服啊！罗杰朝四周望去，尽是青苔。几步之外的一切东西都被浓雾吞掉了。

他似乎比在地道里更分不清方向。在那里，他还可以在两条岔道中选一条。

他缩回头又钻进了地道，决定沿着右边岔道爬去。他再次叫着哈尔的名字，依然没有回音。他想，这样喊下去也没有用，还是先爬着吧。他撑着酸痛的膝盖和手，慢慢往前挪，生怕摸着一条滑溜溜的蛇。

过了一会儿，他来到地道的另一个岔口。他可以向左也可以向右，反正对他都一样。他选择了左边。

一阵沙沙声传来，罗杰停下来细听，是有什么东西朝他靠过来。

他希望是只不会伤人的小动物，如刺猬、野兔之类的。不像！因为小动物不会弄出这样大的声音。刮擦地道四壁的响声使罗杰意识到，眼前这个东西一定和洞的大小差不多。

这么一想，他的脑海霎时闪出可能会出现的动物：一头猩猩，一头大食蚁兽或者一条鬣狗，说不定还会是一头野猪或疣猪（脸部有肉赘），这两种猪都有着锐利的长牙。

最怕的是碰上头豹子。想到这，罗杰差点没吓得瘫倒在地上。倒着身往回爬吧，豹子很容易就追上来。它以为它的对手害怕了，肯定要向他袭击的。罗杰只有面对豹子勇敢向前。

他记起哈尔哥哥叫他学猪叫的事，他还可以发出更响的声音——吼叫。

罗杰拼尽力气吼叫，大概没有哪头豹子能比得上他。他飞快向前爬去，希望他的吼声唬住对方，令其转过身离去。

地道的那头也传来吼叫声。罗杰拼命地吼叫着，一声又一声，接着猛冲过去。

他的头碰上了对方的头。

"哎哟！"那头"豹子"喊道。

"哎哟！"罗杰也叫起来。

两头"豹子"都一屁股坐下，大笑起来。这是一阵紧张之后松弛的笑。刚才他俩都实实在在被对方吓坏了。

"没想到在这儿碰上你。"哈尔说。

"你为什么不在岔道口等我?"罗杰问道。

"有岔道口吗?好,我问你一个问题。你是怎么爬到错路上去的?"

"我在一个弯路上搞糊涂了。"

"现在你能转过身来吗?"

罗杰试了一下,地道太窄,他转不过来。

"那样你只有倒退着爬完剩下的路了。没关系,只有5到10英里的路程。"哈尔说。

"你真会开玩笑,"罗杰说,"不过我敢打赌,只要5分钟的时间我就能把身子转过来。"

"如果能的话,你就比魔术师还要神啦。"

罗杰倒退着往回爬,一直来到他刚才停留过的拐弯处,将身子缩了进去,等哈尔爬了过去,他又悄悄跟在他身后。

哈尔以为罗杰一直爬在他的前面,所以身后忽地一声吼叫以及豹子利爪般的刺痛把他吓了一大跳。好一会儿,他才意识到是罗杰的刀尖。

"你把我吓坏了。"哈尔承认,"你怎么又在我的背后呢?"

"这容易,"罗杰说,"你刚才还说我比魔术师还神嘛。"

他们就这样爬着,又前进了一小时才停下来休息。

"爬了这么久,"哈尔说,"不知道我还能不能站立起来。"

罗杰全身趴在地上,说:"我要睡个午觉。你去吧。我在这儿等着你回来。"

正说着,听到一阵阵小东西弄出的窸窣声,也许是蛇之类的小动物穿过青苔丝吧。这使他顿时清醒过来。又过了一会儿,他

23 地道

身不由己地全身抖动起来:"我觉得越来越冷。还是往前爬吧。"

"看来这里有寒冷的穿堂风,也就是说,我们快到地道的尽头了,"哈尔边说边往前爬,"看,前面有亮光。"

两个男孩鼓起劲朝前爬去。亮光越来越大。他们终于爬出了地道。外头虽然没有太阳光,他们仍觉得炫目,不由得闭起眼睛,因为他们在黑暗中待得太久了,甚至四周飘浮着的白色雾团也会使他们的眼睛感到难受。冷风呼呼地刮着,罗杰冻得双手紧抱肩膀:"嘿!我还以为我们是在赤道上呢!"

"是的。不过我们所处的地势太高,比欧洲的阿尔卑斯山脉中最高的山峰还要高。"

罗杰不大相信地望着哈尔说:"是不是太玄了?阿尔卑斯山脉的勃朗峰海拔约 15000 英尺。"

"我知道。这里的山峰海拔约 17000 英尺。我们现在处在海拔 16000 英尺的地方。"

"那我们是真正的登山家了,"罗杰说,"怪不得这么冷。看,到处都是灰烬。一定是一场森林大火或什么造成的。"

"灰烬?你的眼睛一定是被雾蒙住了。把手放在灰烬上试试。"

罗杰照着做了,并抓起一把白色潮润的东西走了回来。

"雪!"罗杰惊叫起来,"赤道上的雪!"

"再看看远处的白湖。"

浓雾渐渐散开,白湖露了出来,真是一个名副其实的白湖。湖面全都结了冰,冰上铺着一层薄薄的雪花。

这里的景物尽是光秃秃的岩石,巨大的花朵,高耸入云的树木被远远地留在下面。雾霭之后,隐约可见的覆盖着冰雪的山峰直插云间,冰的河流——冰川沿着沟壑蜿蜒而下。

翻滚着的浓雾偶尔露出缝隙,哈尔他们脚下的景色是多么奇异啊!

下一个平台上是狰狞恐怖的黑湖。在它之下的是高大树木围绕着的美丽的绿湖,碧波粼粼,像一块珍贵的绿宝石。

再往下,遥远的山脚下,哈尔和罗杰看见小旅馆的屋顶。在那里,他们曾经见到过一本贵宾留言簿,上面签有许多著名人物的名字。他们当中有的爬上了顶峰,有的只爬到半山腰。罗杰还记得一些王子、伯爵、公爵,一些皇家地理协会的探险家的名字,还有美国人洛威尔·小托马斯和艾莱·史蒂文斯等。

令人注目的不是留言簿上的名字多,而是太少。成千上万的人来过非洲,但他们甚至到不了这些奇异之中最奇异的山峰的脚下就回去了。

这时,灰色的浓雾又聚集在一起,几个湖都躲了进去看不见了。开着巨大花朵的树林也踪迹全无。这个以月亮命名的山,它的景色比月亮上的景色更奇特。

24 白象

随风飘逸着的雾霭千变万化,呈现出各种各样怪诞的形状,有时像柱子,有时像树木,有时像 100 英尺高的朦胧人形。

"看到这些东西,真使我魂飞魄散,"罗杰说,"瞧那个,我知道是雾,不过看上去像头白象。"

哈尔顺着罗杰指的方向望去,果真有头象。它不可能是雾霭。如果是雾的话,它应该不断地改变形状,或者会随风飘动,或者销声匿迹。它一直伫立在那里,俨如一头白象,至少也是一头灰色的。

哈尔揉揉眼睛再细看看,它还在那里。哈尔一阵激动,仿佛觉得全身的热血在沸腾。

会是白象吗?白色的象是非常稀有的。东京的动物园曾经答应奖励他们父亲 5 万美元,如果他能活捉一头白象的话。他们的父亲不敢保证,因为发现并且捉住一头白象的机会是极小极小的。

哈尔做梦也想着白象,而且总是做着同样的梦:一头白象站在那里,当他走近时,白象却走进雾里飘然而去。莫不是他现在也在做梦?

"我们上前看看是不是真的。来,轻点,一次只迈一步。"哈尔对罗杰说。

他俩一步步向那个庞然大物靠过去。它一定也看见他们了，不过它动也不动，依然站在那里，不惊慌也不发怒。大概它从未见过人类，也就不知道为什么要害怕人类了。

哈尔和罗杰离它越来越近。刚才他们看见的白色主要是雾色映成的。不过他们也见过一些雾中的大象，它们都没有这头白。哈尔、罗杰这下看清楚了，这头大象的皮肤是淡灰色的。这一点并不影响哈尔的情绪。他懂得，这些历史上被称作白象的，实际上没有一头像雪那样的纯白。它们不过是患了一种白化病，也就是说，动物的皮肤内缺乏一种颜色色素，所以皮肤里没有通常的黑色，只是呈灰白色。

哈尔想，要是能再走近一些，就可以断定这是不是一头真正的白象了，有许多地方是要仔细分辨的。他竖起一个手指搁在嘴唇上，小心翼翼一步步往前挪。

罗杰也悄悄地跟上去，他知道这意味着什么。他们不止一次地谈论过东京动物园的出价，也曾经研究过如何辨认白象，以便有朝一日遇上时能认出来。

那头大象仍然友善地注视着他们。这时哈尔和罗杰将身体凑近地面，匍匐着向它靠过去。离大象只有 10 英尺时，他们停了下来。

多么难忘的一刻！他们可以肯定，站在面前的是一头真正的白象。两人激动得几乎透不过气来。他们清楚地看到大象浅灰色皮肤上多处粉红色的斑点，犹如初升太阳光映照的点点光斑。这是白象的一个鲜明特征。这头大象还具有白象的另一个特征：沿着脊背而长的白毛，白得像山顶上的雪。还有些可靠的特征是它脚趾上的白色指甲，粉白粉白的眼睛，前额和耳朵上粉红色的斑

24 白象

点。一点没错,是一头白象,一头美丽的白象。

此外,这头象非常的温驯。白化动物都是很温驯的。哈尔记起在蒙切森国家公园里见到过的白犀牛,它们不像大多数犀牛那样易怒及具有危害性。白色的兔子、白色的老鼠、白色的鸟都是温驯的。人们甚至不怕雪豹。不过,黑色的豹子或黑色的美洲虎却令人畏惧。

任何一个得到这头白象的动物园都会走运的。它会成为动物园里最引人注目的动物。大多数的动物园可能买不起。猎人们知道,只有日本人出最高的价收购珍稀动物。

5万美元买一头白象还不是最高的价钱。一个叫作P.T.巴努穆的马戏团老板曾花20万美元买了一头白象。为什么这样值钱?因为是第一头运往美洲的白象。有人愿给他们的父亲5万美元买一头白象,对于哈尔和罗杰来说,这已是很大一笔钱了。

宝物就站在离他们10英尺处。他俩却没有办法将它带走。把狩猎队所有的队员都招来,恐怕也不一定能成功地把它弄走。目前唯一能做的就是悄悄离去,不要惊动它,然后尽快和其他的人一起回来。

他们轻轻地一步步往后退,眼睛却始终盯着这头珍贵的白象。

忽然,身后传来一阵粗鲁的说话声。他们立刻转过头来。

站在他们面前的是6个身穿白色长袍、脑袋上缠着头巾的男人,身上挂着手枪和匕首。

"我们逃吧!"罗杰低声对哈尔说。

"来不及了,"哈尔说,"他们会向我们开枪的。先和他们对对话。"他对着一个像是领头的人说："你会说英语吗？"

对方没有回答，只是凶狠地摇摇头。他们的肤色，正如乔罗所说，既不是白种人的，也不是黑种人的，而是古铜色，这是沙漠上强烈的阳光照射所致。这6个人头顶盘缠着头巾，脚下却没有穿鞋子，好像对地上的一层薄薄积雪毫不在乎。他们的相貌丑陋粗鲁，但都很健壮。

这几个人一边说着什么，一边看着白象，又朝两个男孩望望，又看看白象。

用不着翻译，哈尔也知道他们心里打什么主意。

"一定是那天来洗劫我们营地的那帮家伙中的人，"哈尔说，"他们知道我们正在寻捕大象。他们也是，而且还偷了我们的两头大象。我敢说，他们一定在想法子不让我们得到这头白象。"

"我们装作并不想要它的样子。"罗杰说。

"对，然后我们礼貌地说一声再见，走我们的路——如果他们放过我们的话。"

再好的礼貌也不顶用了。两个男孩刚想迈步，6个人立刻围了过来，枪口顶住了他们的肋骨。他们被用布蒙住了眼睛，小刀也被抽走了，然后被大刀戳着往前走。

每次被石块或凸起来的土堆绊倒，都要招来一阵咒骂或者背上挨一下钢刀刀尖的捅戳。

"既要我们走快些，"罗杰埋怨道，"为什么又不让我们看见前面的路？"

"我想，我们正被带往他们的营地。他们不让我们知道它的方向，这是个秘密的地方。"

24 白象

"这样也好,"罗杰说,"我们可以见到博了。如果他还没有被送走,说不定我们可以把他救出来呢。"

哈尔没有作声。他喜欢他弟弟的勇气。他一定还没有觉察到事态的严重性。这伙强盗是不会让他们救出任何人的,也许连他们自己也难以逃脱。

哈尔和罗杰艰难地走着。他们在地道里爬了那么久,早已筋疲力尽,如今腹中又饥肠辘辘。不过至少他们不觉得冷,虽然从终年不化的积雪吹来阵阵寒风。但是背后有刀尖顶着,跌跌撞撞往前走,可不是那么轻松,不过倒可以取暖。

出发之前,哈尔和罗杰曾被蒙住眼睛原地转了几圈,为的是让他们搞不清方向。

但是这伙强盗忽略了一点——风向。哈尔早已留意到这几天的风是从西向东刮的。他们被转动后,感觉到走的是一条很直的路,风从后面吹来。哈尔记住了:如果他们得以逃脱,就应该顶风而去,这样就能把他们带回到白湖。从那里他们就知道怎样经过黑湖、绿湖而回到营地。

这点非常重要,如果他们能逃走的话。但是这个"如果"能变成现实吗?

大约经过两小时的艰苦跋涉,他们听到前方有说话声。他们突然感到背上的冷风消失了,刀尖也离开了脊背。周围很暖和,有一股烧水和煮食的气味。

蒙在他们眼睛上的布条被拿开了。

他们此刻正站在一个被火把照得亮堂堂的很大的山洞里。钟乳石像水晶吊灯似的从洞顶悬挂下来,四壁覆盖着名贵的织物,地上铺着的是黄黑相间的豹子皮。身穿长袍的男人悠闲地坐在上面,把豹子头当作扶手。强烈的薄荷味不断从盛茶的杯子里飘出来,使哈尔和罗杰为之精神振奋。

"多像《一千零一夜》里的情景。"哈尔说。

25 "雷公"

"我很高兴你们喜欢这个地方。"

低沉的声音像是从山洞壁厚厚的岩石里钻出来。男孩们立刻转过身子看看谁在说话。

面对着他们的是一个比两个哈尔还要粗壮的高个子男人。不像其他人那样身着白色长袍,他穿的是用上等丝绸做的有着鲜艳七彩颜色的长袍,在火把的映照下闪闪发光。他的胸铠是金银丝制的,熠熠生辉的珠宝挂满胸前。他没有缠头巾,只戴着用狮子鬃毛制作的头饰。那绚丽的腰带是雪豹皮的,上面插着一把很大的经过装饰的手枪和一把套在金丝鞘中的短弯刀。他脚上穿着一双精心刺绣的拖鞋,其大小是普通人的两倍。哈尔和罗杰马上想起他们的小象及酋长儿子被劫走时留在他们营地附近的巨大靴子印。

一点没错,这个人就是奴隶贩子的头目,瓦杜西人称为"雷公"的人。

这个时候的"雷公"脸上没有一丝乌云,而是满面笑容,露出一口白牙,在古铜脸色衬托下显得更白。

"感谢你们光临寒舍,"他把头一低,又说道,"一定想休息休息吧。来,请跟我来。"

哈尔真想把一切都说出来,"雷公"一定会不高兴的,不过现在还不是说的时候。

"雷公"把一块锦缎门帘拉向一旁，他们走进一个小一点的山洞。这里显得更豪华更舒适。豹子皮做的毛毯上放着厚厚的坐垫。强盗头子随意地跌坐在垫子上。

累了一天，疲惫不堪的哈尔和罗杰也很乐意学他的样子。这时候，一个仆人手托托盘走了进来，托盘上放着直冒热气的三杯薄荷茶和一些糕点。

"我想你们会喜欢这茶的，"高个子男人又说，"很抱歉，这儿没有咖啡。我在西方国家旅行时也爱上了它。不过我在家时还是喜欢我们传统的东西。"

"这是你的家？"

"不，不，""雷公"笑起来，"这里只是一个营地。我是波斯湾海岸一个拥有5万人的酋长。我们国家的石油使你们的汽车开动，也让我们富了起来。但是我不愿意当一个只待在家里的酋长。我喜欢冒险。嗯，所以一年的大部分时间，我离开宫殿住在山洞里。在我的子民中，我安排专人执法，我在这儿却可以享受犯法的乐趣。"

"你承认你在犯法？"

"是的。我没有必要在你们面前隐瞒那些你们早已知道的事情。"

"我的人曾多次到过你们的营地。你们瓦杜西朋友住的村子给我们提供了许多漂亮的奴隶，无论在什么地方他们都受到热烈的欢迎。我们为此赚了不少钱。""雷公"又说。

"你们带走了酋长的儿子，是吧？"哈尔问，"他被送走

25 "雷公"

了吗?"

"还没有。他还在这里。怎么样,想见见他?"没等哈尔他们回答,他已经拍掌召进一个仆人,并对他命令了什么。

过了一会儿,门帘拉开,博走了进来。当他看见哈尔和罗杰时,高兴得惊叫起来,跑上前握住他们的手,说:"你们总算来了。太好啦!我知道你们会来救我的,我知道的。"

"不全是那样,"哈尔很抱歉地说,"我们也成了囚犯,恐怕帮不了你多少忙。"

博脸上的喜悦消失了:"是我连累了你们。这个强盗头子给你们笑脸看,给你们茶喝,给你们东西吃,还把坐垫给你们坐,其实他的心肠坏得很!我告诉你们,千万不要相信他。"

一阵大笑打断了博的话:"我很喜欢这个男孩。他很有勇气。没有人敢像他那样在我面前这般说话的。他是酋长的儿子,确实有点酋长的风度。"

说着,他脸色一沉,眼里露出凶光:"不过,我倒要教给他更多的规矩。他已经有一些教训了。孩子,转过身来。让我们看看你的背。"

博站着没动。

"雷公"用阿拉伯语下了严厉的命令。一个仆人上前抓住博,把他的身子硬转过来。博的背部一下子露了出来,上面尽是一道道又红又肿的伤痕,有的还渗着鲜血。"雷公"在一旁微笑着。罗杰气愤地冲着他说:"你为什么不抓一个和你一般高个子的人?你这恃强凌弱的坏蛋。我看你会把博折磨死的。"

"把他弄死?当然不会。朋友,我是不会让一件值大价钱的东西死去的。他会成为一个好奴隶,不过我先得杀杀他的傲气,就像驯马那样。"

"有必要这么残忍吗?"哈尔问。

"残忍?怎能这样说?实际上我们是非常仁慈的。看,我们用的是什么。"

他从墙上取下一条样子很普通的皮鞭,说:"试试看,瞧它多柔软。在我们的国家,它有一个专门的名称,英语的意思是'软说服'。"

"你知道的远不止这些,"哈尔接下去,"这是人类制造的最残忍的武器之一。在南非,它叫作犀牛鞭,是用犀牛皮制作的,然后放在用狮子的脂肪炼成的油里浸泡,使它变得很柔韧。如果不是做得很柔软,就伤不了人;正因为要用来伤人,所以做得十分柔韧。一抽下去,整条鞭子都会深深地陷入到皮肉中去,就像用刀子割人一样。谁指使人鞭打一个孩子,谁应该先尝尝这种鞭子抽在身上的滋味。"

"雷公"的眼睛气得直冒火,不过他仍然微笑着。"看来你们并没为你们的朋友树立一个好榜样。你们都一个样,太傲慢了。谁傲慢就要惩罚谁。"他把鞭子扔给一个手下人。那人将博推出门帘。"我看只有在他背上再抽二十几下,你们就都会变得老实些。我叫他们就在门帘外抽打,好让你们欣赏欣赏他的号叫。""雷公"又说。

听到第一鞭抽下去,罗杰跳了起来。哈尔把他按住:"这样会害了博。镇静点,我们有机会报仇的。"

"雷公"非常失望。20鞭抽过了,博不但没有号叫,连一声

25 "雷公"

哼哼也没有。哈尔和罗杰一直紧咬着牙。抽在博身上的每一鞭就仿佛打在他们自己身上一样。这时"雷公"对着哈尔说:"今天就这么多,好,现在我问你,你知不知道为什么把你们带到这里来?"

"想把我们也当奴隶卖掉?"哈尔问。

"没有人会买你们的。我的朋友们很特别,他们不喜欢白人的气味。他们认为白人奴隶很难驯服,因为他们总想着逃跑。再说,你们的政府也会找我们的麻烦。告诉你吧,在一个百万富翁的府邸当一名奴隶这种舒服事轮不到你们。你们不会有那份福气。"

"那为什么还要把我们关起来?"哈尔问。

"实说吧,""雷公"答道,"今天你们发现了一头白象,我的人也看见了。我们知道,你们一直都在寻捕白象。整个非洲乃至全世界都没有一种动物值得上白象价钱的一半。因此,我们不准你们把白象带走。"

"为什么你们也要白象?你们总不能把它也变成奴隶吧。"哈尔又问。

"当然不能,但在远东的某些地方,我可以把它卖掉,挣大钱。所以我要把你们一直关到我们捉到那头大象,直到卖掉为止。"

"你知道我们的人这个时候在干什么吗?他们正在寻找我们,很快就会找到这里来的。我们有许多的人,你们只有那么几个,你们会丢掉脑袋的,白象也得不到。难道为了一头白象值得去冒那么大的风险?白象毕竟只是一头大象而已。"哈尔说。

哈尔罗杰历险记 巧捕白象

"雷公"露出狡猾的微笑:"年轻人,你的话迷惑不了我。我去过缅甸和遏罗,也就是现在的泰国。我喜欢把它叫作遏罗。我对白象曾做过小小的研究。告诉你们,我在遏罗一个宫殿庭院里见到过的东西吧。

"一头白象被安置在一顶金碧辉煌的大帐篷里。它的身上披着鲜红的、银光闪闪的、皎白的、金灿灿的华丽绸子,象牙上镶着金子,头顶上是一把皇室用的大伞。

"上百个高贵的人服侍着它。有的用鸵鸟羽毛扇子为它扇凉,有的给它赶走苍蝇,有的从金容器里取出稀有的果子喂它。

"它被带往河里洗澡时,8个人为它撑着用金丝织的华盖,还有乐手在它前面打鼓奏乐为它开道。当它从河里出来,一位贵人在银盆里为它洗脚,并洒上散发着芬芳气味的香水。"

"不过一头动物而已,为什么如此兴师动众?"哈尔问。

"对他们来说,这不是一头动物,而是一个佛,一个神,所有的人都来朝拜它。如果它死了,为它举行的仪式跟皇帝或皇后死后举行的葬礼一样。尸体要停留好几天供人们瞻仰凭吊,然后被放在一个锥形火葬柴堆上火化,用的是上好的檀香木、樟木及其他贵重的木材,值好几千美元。骨灰被收集起来,装在贵重的骨灰盒里埋在皇家墓地。

"过去,人们相信,地球是由白象的背来支撑的,只要它一动就会发生地震。你们有没有听说过遏罗国王送给英国维多利亚女王的礼物?一个用金锁锁住的金盒子。大家都以为里面一定是一颗非常名贵的宝石,因为它的盒子是那样的贵重。打开一看,却是几根白象鬃毛。这是遏罗国王想得出送给女王的最珍贵的礼

25 "雷公"

物。当暹罗大使想对维多利亚女王讲几句恭维话时,他会说:'陛下的眼睛、肤色,陛下的一切举止和姿态,就跟白象一样的美丽和高贵。'"

"暹罗王已有好几头白象了,为什么他还要?"哈尔反问道。

"因为他只有暹罗国自己的大象。要知道,非洲的白象在体积、身高、重量方面都要胜过暹罗的白象,而且它的耳朵比较宽、象牙长。总之,非洲白象各方面都优越,""雷公"站起来,"嗯,我的朋友们,这就是为什么你们今天见到的那头白象要被送去暹罗皇宫的原因了。这事儿没有办好之前,你们就得留在这里,做我的客人。我还想对你们说,如果你们破坏了我们的行动,就别想活着从这里出去。好吧,晚安。祝你们做好梦。"

26

山洞

他拍拍手,马上来了卫兵,把哈尔、罗杰带出"雷公"的住处,经过刚才的大山洞送到别处。这时候,大山洞里一片黑暗,空无一人,那些帘子后面小一点的山洞无疑是其他奴隶贩子们的卧室,鼻鼾声和轻轻的说话声从里面传出来。

从大山洞的后侧,他们进入一个较小的洞,一股薄荷味冲鼻而来,一把大茶壶在小小的柴火堆上冒着热气。洞里只有一个火把,显得很昏暗。这里没有什么舒适的摆设,更没有豹皮地毯和坐垫。洞的四壁是光秃秃的岩石,地上冰冷的石头冒着寒气。角落里,一个光着身子睡着了的人,冻得缩成一团。卫兵们的说话声惊动了那个人。他转过身子,站了起来,哈尔、罗杰一看,是蒙博酋长的儿子博。

"博,"罗杰惊喜地叫道,走上前去,"他们把你关在这么潮湿的洞里?为什么不为瓦杜西的王子安排一个好地方?"

博虚弱地笑了笑说:"这是奴隶的住所,他们被运走之前就关在这里。其余的人昨天刚被用船送去红海港。'雷公'告诉我,明天轮到我了,去的是波斯湾某一个地方。"

罗杰四处张望,然后说:"地牢也比不上这里可怕,起码还有个小窗口。瞧,这儿什么都没有!"他看了看正在冒着蒸汽的大茶壶,"幸好,你可以喝茶。"

26 山洞

"那是给卫兵们准备的,"博答道,"让他们保持头脑清醒。"

"他们给你吃什么呢?"

"什么也没有给,"博说,"他们说,除非我跪下乞求。我绝不会这样做的。他们还要我忘掉我的身份。他们要把我饿到屈服为止。或许他们会把我饿死,但我不会忘记我是酋长的儿子。"

哈尔望着傲然站在跟前的博,一股敬意油然而生。背上深深的伤痕该使他多么痛苦,他却一点也没有流露出来。博是一个品质优良的孩子,他会成为一个好酋长的,如果他有机会的话。

也许他不会有这个机会了。明天他就要被卖掉当终身奴隶。哈尔要救他的话,必须马上行动,就在今天晚上。

哈尔细细地打量着洞里的每一寸地方:洞壁、洞顶、地面。除了从大山洞进来的入口,没有迹象表明还会有一个出口。入口处有6个卫兵严严把守着。3人呈楔形坐在入口处,里面坐着另3个。他们将身子蜷缩在长袍里,屁股垫着长袍的尾部以隔开地上的阴冷。他们一边喝茶,一边低声说着什么。这6个人都很魁梧健壮,身上还带着手枪和大刀。

其实一个卫兵就足以阻止那些赤手空拳的奴隶逃走。3个男孩手无寸铁,能对付得了6个大人逃出去吗?

即使这6个人没有武器,他们看见哈尔等人逃跑,也会呼喊的,喊声立刻就会惊动所有的人。

要是有什么魔法让他们昏昏入睡就好了。这样哈尔他们可以神不知鬼不觉地离开地牢进入大山洞。不过他们还要经过大山洞两侧作为卧室的小洞才能出到外面,不可能每个人都睡得那么死,万一有人从小洞伸出头来,发现哈尔等人逃走,必定会大声嚷嚷的。哈尔、罗杰和博马上就会被抓住。

逃跑看来渺无希望,哈尔准备放弃了。他躺在地上侧过身子想睡一下。

上衣口袋里一个硬的东西顶着他,很不舒服。他稍稍转过身子把那个硬邦邦的东西掏了出来。

霍地,他一骨碌坐了起来,眼睛睁得老大。原来这是一个直径为半英寸、长3英寸的小弹药筒,里面装的是一种安眠药。哈尔把它放在手上轻轻地摆弄着,或许它可以产生奇迹——帮助哈尔他们逃跑?

猎人们常用它来对付那些落入陷阱的犀牛和其他巨型动物。他们用弩将注有这种药物的针头射入被困动物的皮下。15分钟之内,这些动物就会停止乱蹦乱跳,渐渐昏睡过去,可睡上4个小时。这期间猎人们就可将猎物装进笼里搬上卡车运回营地。

小弹药筒里的药物足够使一头巨大的犀牛、野牛或大象酣睡,对付6个或12个卫兵更不成问题。

怎样才能把药物注入卫兵们的体内呢?哈尔苦苦地想着。他只有这个弹药筒。即使他有弩,卫兵们也不会俯首帖耳地让他把药物注入体内的。

哈尔的目光渐渐移到火堆上那只大茶壶上。顿时,他有主意了。6个卫兵不停地喝着茶,每隔几分钟就要将他们的杯子斟满,如果能把小弹药筒里的药倒进茶壶内……

哈尔贴着地面向火堆爬去,6个人立刻转过头盯着他。哈尔神态自如地朝炭火伸出双手。卫兵们以为他靠近火堆是想暖和暖和,也就不再留意他了。

26 山洞

哈尔慢慢往前挪,终于来到了火堆与卫兵之间。他等待着机会。只见这6个人兴致勃勃地说着什么。哈尔偷偷把手伸进口袋拿出弹药筒,用身体遮挡着,拧下塞子,将里面的药物全都倒进了敞着盖的大茶壶里,然后他把空筒放回口袋。

缓缓地,他爬回罗杰和博的身边。罗杰明白哥哥的意图,博只能猜测着。他俩都没有说话,怕引起卫兵们的怀疑。

没有多久,这6个人又倒满杯子喝起来。哈尔在一旁急得如坐针毡,生怕他们觉察到茶里的异味。幸好,强烈的薄荷味盖过了药味,他们竟一点也没有察觉。

似乎过了很久,其实只有那么一刻钟光景,6个人的谈话声渐渐弱了下去,慢慢地停止了。6个脑袋耷拉着。起初,他们还你推我,我推你强打起精神,最后全都无可奈何昏沉沉地睡过去。四周静悄悄的,只有他们沉重的呼吸声。

3个男孩屏住呼吸侧身贴着岩壁往入口处移去,6个卫兵毫无动静。哈尔小心翼翼地跨过他们的身体,把门帘拉开一条缝朝外面的大山洞望去。

大山洞里一片幽暗,只有几只火把发出微弱的亮光。一开始,哈尔看不清里面的东西。过了一会儿,他才隐隐约约看见有几个人,头靠在豹子头做的枕头上睡着了。

哈尔在罗杰和博耳边轻轻地说:"我们现在的处境很危险,只要其中有一个人发现我们,一切都完了。"

"不要紧吧,外面那么黑。"罗杰说。

"不算太黑。他们还能分辨出我们的穿着。"

26 山洞

罗杰目光落在睡得死沉沉的几个卫兵身上："喂，还等什么？要白袍的话，这里就有。"

这几个家伙身子很沉，哈尔他们费了九牛二虎之力才把3个人的袍子扒了下来。哈尔、罗杰和博穿起它们，裹上了头巾。

他们蹑手蹑脚屏住呼吸走出地牢，穿过大山洞朝外走去。他们的心怦怦直跳，真想拔腿就跑。不行！他们一定要装作若无其事，不能引起一丝的怀疑。他们成功地越过了第一个人。起初他们还把脸扭向一旁，其实根本用不着，那个人睡得正熟。

经过第二个人时，那人抬头望了望，不过他看到的只是3个身穿白袍的背影。他没有介意，翻向一旁闭上了眼睛。

慢慢地，哈尔、罗杰和博又越过了第三个人，第四个人……终于到了洞外。他们没有立刻离去，而是伫立了一会儿，似乎是在呼吸新鲜空气，然后他们闪过一旁，消失在夜幕中。

他们突然一下子都来了劲，撩起长袍，飞似的朝前奔去。哈尔迎风跑在前头。风力虽然没有白天那样强，但他完全可以辨别方向。在晚间，崎岖的山路十分难走。四周是一望无际的雾霭，月光偶尔才从雾隙中照射下来为他们指路。不巧的是，每当路上有石块不好走时，月亮就躲进了云层。不久，孩子们的小腿都被擦破，鲜血直流，他们全然不顾，拼命地朝前跑去。

终于，白湖在他们面前泛出了微光。

"瞧，我们的大象！"罗杰惊叫起来。那头白象仍然站在他们第一次见到它的地方附近。

"我好像看到有两头象，"哈尔说，揉揉眼睛，"有一头是黑的，但不像是白象的影子。"

3个人爬近些，月亮不知什么时候露了出来，他们看清楚了，除了白象，是还有一头黑象。

此刻他们必须耐心地确定白天爬过的地道口的位置。

"我可不喜欢在这样的半夜里去穿青苔地道。"罗杰说。

"我也不愿意。我知道你在想什么，不过地道里白天和黑夜一样的黑。"

"是的，但是在夜间我们更容易碰上在黑暗中来回觅食的豹子。"

"只好碰一下运气了，"哈尔说，"我担心的倒是穿着长袍怎么从地道里爬过去。"

他们想把袍子脱下扔掉，但不行。夜间的寒风刺骨，不能光着身子，他们只好将臃肿的长袍掖在腰间，然后一头钻进青苔地道。

地道里尽是细小奇异的响声。幸好，他们除了一只麝香猫外没有碰到什么危险的动物。与猫相遇时，这只小动物比他们还要惊慌，一下子溜了过去。

他们终于穿过了青苔地道。沿着山路，他们朝山下走去，经过黑湖、绿湖、住着大猩猩的竹林，最后回到了营地。精疲力竭的他们，想的是立刻倒在行军床上美美睡上一觉，彻底把奴隶贩子和刚才发生的一切暂时统统忘掉。

"有一件事儿得马上办，"哈尔说，"我们知道奴隶贩子的住处，必须赶快向警方报告。"

他们唤醒博的父亲。酋长看到儿子归来，高兴得哭泣起来。他派人立刻出发到山下的蒙特旺加警察局报告。

26 山洞

警察们的好梦被打搅,非常不高兴。一路上唠唠叨叨直发牢骚,上午了才上得山来。哈尔带着自己的队员为他们领路。很快他们来到奴隶贩子居住的山洞。这么多的人肯定可以将他们一网打尽。

哈尔领着这支小小的部队勇敢地冲进山洞。

山洞里空无一人。

由于哈尔等人的逃脱,奴隶贩子知道他们的住处暴露了,于是马上撤离。豹子地毯、坐垫,所有的东西都带走了,只有空气中还飘散着淡淡的薄荷味。

"这些家伙太狡猾了。"哈尔非常失望。

警察们满脸不高兴。的确,这是一次费劲的登山。他们几乎冻僵过去,手脚也都被划破了。

哈尔知道他们一定会抱怨他添了这么多麻烦。他们黑黝黝的脸上挂着怒气,还不时用斯瓦希里语咕哝着什么骂人的话。幸亏哈尔听不懂,不过他很明白,指望这些警察把奴隶贩子们缉拿归案是不可能的。

27

捉到了白象

哈尔猜想着盗贼们的下一步行动：他们中有人见过那头白象，"雷公"也说过要捉住它，他们一定是……

"一分钟也不能耽搁，我们马上就出发，"哈尔说，"他们有可能已经把白象弄走，不过这几乎不可能，因为他们今天上午忙着收拾东西逃出山洞，顾不上去捕捉白象，我们仍有希望。"

一队人往回朝白湖方向进发。罗杰低着头，步子缓慢，似乎在想着什么。

"怎么回事，小家伙？"哈尔问，"有好主意吗？"

罗杰抬起头，眼睛里闪出调皮的神色。

"我想跟这帮盗贼们开个玩笑。"

"什么玩笑？"哈尔问。

罗杰把他的计划告诉了哥哥。"我看能行，"哈尔笑着点点头，"听说打这儿到营地有一条捷径。你带上一名认得路的警察，这样就不用穿过青苔地道。你们可要快一点赶到白湖。这帮警察待不了多久。"

"好，"罗杰回答，"我和'大小子'大约一小时后在白湖等你。"

罗杰和一名警察迈步沿着山坡下到营地。罗杰在供给车上翻出一支喷枪，往里面注入白色油漆。村民们好奇地看着罗杰的一

27 捉到了白象

举一动。罗杰没对他们说什么。

罗杰拿着喷枪,招呼"大小子",小象哼叫着欢快地奔过去。

罗杰拍拍小象,说:"有事给你干了。来,跟着我。"说罢,和警察一起向白湖方向走去,"大小子"跟在后头。路不好走,但他们走得很快。

他们到达白湖时,其他的人早已耐心地等在那里,只有警察显得不耐烦。哈尔正尽力说服他们留下来。

大家看见罗杰手拿喷枪,身后跟着小象,很是诧异,不知道他葫芦里卖的什么药,罗杰也没有解释。他急切地朝雾中望去,寻找着白象的踪影。

"难道我来迟了?"他焦急地问哈尔,"他们把白象带走了?"

"不,你来的正是时候。他们也正往这边走来,"哈尔说,"刚才我派人去侦察,他带回坏消息:他们的人比我们想象的要多两倍。另外,他们还有枪。我们除了图图有一支猎枪,只带着刀子,连警察也只有长矛。"

狩猎行动,一般是要活捉猎物,而不是将它们射杀,所以整个狩猎队只带一支枪。现在图图拿着枪。

"如果他们一伙人同时过来,"哈尔对罗杰说,"我们可能敌不过。你的计划要是成功,或许能迷惑他们,把他们分散开来,好让我们逐一收拾他们。"

"好,开始吧。咦,我们的白象呢?"罗杰问。

"那边,岩石背后。"哈尔说。

罗杰透过弥漫的雾气仔细地搜索着。起初,除了黑色白色的岩石,罗杰什么也看不清。突然,一块白色的"岩石"动了起来。另一块黑的也换了个方向，猛地甩出鼻子，叫了起来。

两个男孩轻手轻脚地走近黑象，它也发现了它们，正要离开。说时迟那时快，哈尔和罗杰抢上前，举起喷枪往它的两侧喷上白油漆。

它的母亲大概也认不出自己的孩子了。就那么10秒钟，黑象变成了白象。它仍在原地徘徊，不时发出轻轻的哼叫声。

"我倒希望它叫得声大点，"哈尔说，"声音越大，越能把奴隶贩子们吸引过来。"

这时，黑象的哼叫声中夹杂着一种新的响声，那是越来越近的奴隶贩子们弄出来的。

哈尔迅速命令一半人留在喷了白漆的黑象后面，其余的人则离开湖岸躲到不远处的岩石后头。

哈尔暗暗祷告浓雾不要那么快散去，好让罗杰的计划成功。

一定是月亮山听到了祷告，黄色的雾越来越浓。这时传来大声说话和呼喊声。哈尔和罗杰猜到发生了什么事，不禁心头一阵喜悦：他们的计划成功了。奴隶贩子们一定是逼近喷了白漆的黑象。

该轮到白象"表演"了。如果它发出哼叫声，就会吸引那些人贩子，他们当中有的人会过来看看发生了什么事，这样他们的人就会分散，好让哈尔等人下手。

白象太温驯了，一声也不哼。眼看着罗杰的计划就要成为泡影。哈尔灵机一动，学着大象的样子，用尽全力发出低沉的吼声，一声高过一声，一声又一声。不一会儿，传来许多人跑过来的脚步声。

27 捉到了白象

一个盗贼出现了,不等他举枪,立刻被警察捉住,捆上手脚扔在一旁。

来一个捉一个!

又有一个从浓雾中钻了出来,还未等他弄明白是怎么回事已被撂倒。这时有3个盗贼一起跑了出来,也被警察抓住,不过有一个开枪打中了一名警察。

盗贼一群群冲了出来,哈尔的队员和警察们勇敢地迎上去,将他们一一制伏捆绑起来。哈尔队员中最强壮的猎手马里手臂上挨了一枪,仍不肯退出战斗。

哈尔要为他包扎伤口,他不让,说:"等一会儿吧,我没事儿的。"

罗杰跑到另一边,他想看看白漆大象那边的情况。他躲在一块岩石后头兴致勃勃地看着。只见盗贼们向"白象"冲过去,却一个个被激怒了的大象踢倒。警察和哈尔的队员趁机拥上去将他们逮住。有的盗贼站在那里发愣,因为两边都传来大象的叫声,他们不知道往哪边去才好,结果——束手就擒。

离"白象"较近的人这才看清楚,他们要捉的"白象"竟是一头喷了白色油漆的普通大象。他们怔住了,大声诅咒着被愚弄了。

忽然,罗杰听到一阵象叫声,显然不是哈尔装的声音。他奔过去一看,原来一伙盗贼靠近了那头真正的白象,正用长刀刺戳着它,要把它赶往他们新的营地。白象被刺痛了,它愤怒地大声嗥叫着。

也许就是这些人残忍地砍掉了他们那头大象的鼻子,使它痛得发狂，这些人还践踏了村庄和哈尔的营地。

这次，他们的残忍得到的是与上次不同的结果，一贯温驯的白象发起怒来，它撩起长牙刺倒两个人，又将一人踩在脚下，继而挥动长鼻子抽打躺在地下的人。其余的盗贼纷纷躲开，正好又被赶来的警察和哈尔的队员抓住。

痛快极了！哈尔想，就得这样教训教训他们。

哈尔这时已经忘了"雷公"。

有一刻，哈尔被飘浮着的柱状灰色雾霭围绕着。不一会儿，雾散去了，有一条雾柱却立在那里，一忽儿变成了蓝色。哈尔这才发现他正面对着"雷公"——奴隶贩子的头目。他奸诈地笑了笑："太巧了，我要找的正是你。"说着拔出了手枪。

"慢着，"哈尔不慌不忙地说，"我没有枪，你完全可以向我射击。不过这只能说明你是个胆小鬼。是男子汉的话，就把枪放下，我们赤手空拳斗。"

"雷公"把手枪放回枪套，发出狰狞的笑声："什么？你说我是胆小鬼？"

说着，他巨大的身躯扑向比他矮小得多的哈尔，就像迎面开来的火车头。他的身体要碰上哈尔的那一刹那，哈尔闪过一旁，用他在日本学会的柔道朝"雷公"猛击一拳。顿时，超级的重力和冲力，使"雷公"收不住脚，他非但没有撞倒哈尔，反而自己向前跌去。

他的头碰在一块石头上，立刻失去了知觉，躺在地上。

他很快就会醒过来的。哈尔得想个办法把他捆起来。没有绳子，也没有藤蔓，怎么办？哈尔灵机一动，将"雷公"身上的长

27 捉到了白象

袍撕下一块,牢牢地把他捆绑起来。

"雷公"醒过来了。他拼命挣脱,但是无济于事。这时走过来图图和一些警察,警察小心地踢踢"雷公",又在他身旁来回踱了几步。

"他们说,你用了白人的魔法。"图图朝哈尔说。

哈尔这才记起,他刚才用的是东方的技艺才将"雷公"打倒,"是的,是魔法,不过不是白人的。"

警察和狩猎队队员们忙着把奴隶贩子们集中起来,准备送下山前往一座监狱,哈尔和罗杰则忙着别的事情。

罗杰的小象,刚才被藏在一块巨石之后,由一个队员守着。它的轻轻叫声立刻吸引了那头白象。

哈尔和罗杰看到它们已经挤在一起了。大象有这样的天性:一头没有母亲的小象会亲近一头成年的母象;而一头成年的母象又会成为任何一头需要它的幼象的婶婶。瞧,这两头大象已经亲昵地互相缠着鼻子,发出咯咯的声音,好像在互相交谈。

"大小子"一见到罗杰,马上迎了过去,跟着它的主人朝山下走去。

严峻的考验来了。白象会跟上来吗?现在它是有理由憎恨人类的,因为那些盗贼们曾经刺痛过它。它能分辨出朋友和敌人吗?用武力是不能把它带走的。那么,温柔和耐心能打动它的心吗?它伫立,看着渐渐远去的小象,100码,200码,它没有动。这时小象回头朝它望了望,长鸣一声。不懂象语的哈尔和罗杰都明白,小象是在说:

"快来吧!"

"好吧。你们需要我,我就来了。"象婶婶一定是这样说的。它真的跟上来了,缓缓地走在罗杰这些新朋友的后面。

他们顺利地回到营地。第二天,两头大象上了一辆开往蒙巴萨的卡车,然后在那里乘船运往东京动物园。

哈尔他们拍给东京动物园的电报有了答复,说是非常感谢他们捕到白象,并且答应不把两头大象分开。

哈尔和罗杰给他们的父亲约翰·亨特打去电报,电文如下:

在月亮山几乎吃败仗。除一头小象和一头成年白象,其他一无所获。已送往东京动物园途中。

约翰·亨特的来电如下:

白象?举世无双的成就。祝贺你们。

28

偷猎者

在非洲,捕获到一头白象可不是一件平平常常的事。

消息像燃烧的野火一样迅速蔓延,很快,内罗毕、坎帕拉、阿卢沙和蒙巴萨的报纸都刊登了这个消息。

有一个人知道了这件事儿,他驾驶着他的"鹳号"飞机,向西飞行了600英里,来到了月亮山。

在山脚下蒙特旺加村的小旅馆里,他遇见了哈尔和罗杰。这时,他们已带领着远征队从云雾笼罩的森林回到了充满阳光的地方。

这里没有奇形怪状的花,没有刺骨的寒风,没有神秘的地道和山洞,也没有什么奴隶贩子了。这里的毛茛和紫罗兰不是20英尺高,而是只有几英尺。他们感觉就像从陌生的星球回到了家里一样。

他们在美丽的花园里休息,在他们的身旁,是从冰川上流淌下来的溪流。

"这就是生活。"罗杰伸着懒腰躺在柔软的草地上。

"我们是该休息了,"哈尔很有同感,"我可真累!就是一个月什么事都不干我也不在乎。"

可是,男孩子们天生就不会闲待着,刚过了两天,他们就厌倦了无所事事,又开始盘算下一次冒险行动。

正在这时候,那个人驾驶着飞机降落在旅馆的停机坪上。他走进旅馆,打听在什么地方可以找到那两个抓到白象的亨特兄弟。前台的侍者让他去河边的花园里看一看。在那里,他看到两个男孩正往河里扔石子,期待着投入更加激动人心的探险。

"你们就是亨特兄弟吗?"

"是的。"

"我叫马克·克罗斯比,我是察沃国家公园守备队队长。"

这就足以让孩子们兴奋了。凡是了解非洲的人都知道,察沃国家公园是肯尼亚最大的野生动物国家公园。在 8069 平方英里的丛林里,栖息着各种各样的野生动物,从吃人的狮子到咝咝作响的眼镜蛇。而公园守备队队长的名字,马克·克罗斯比,不仅在非洲,就是在欧洲和美洲也家喻户晓。

"认识你很荣幸,"哈尔说,"是什么使你从察沃大老远到这儿来呀?"

"我就是来找你们的。我需要你们的帮助。"

他和他们一起坐在草地上,旁边是从神秘的山中快速流淌下来的溪水。他开始讲述他那块神奇的土地,那里发生着更奇特和可怕的事情。

"偷猎者成千上万地捕杀着我们的动物。这样的事情不仅发生在察沃,整个非洲都在发生。如果任其发展下去,不出 10 年,所有的大型动物都会消失。"

守备队队长从口袋里掏出一张照片。上面是一堆血肉模糊的大象尸体。

"是偷猎者干的。这些屠夫在过去的两年中,在察沃的丛林

28 偷猎者

中杀死了2000多只大象。"

"他们为什么要杀大象呢?"罗杰问。

"为了象牙。你看,在这张照片上,所有的象牙都没有了。偷猎者把象牙拿到海边卖掉。犀牛也有同样的遭遇,它们数以百计地被杀害,偷猎者只是为了得到犀牛角。还有几万种其他的动物也正在被杀戮。"

"但是我们能做些什么呢?"

"我只有10个护林员。我雇不起更多的人了。而这些护林员只能抓到几个偷猎者。你们有30个人,曾把奴隶贩子逐出了卢旺扎尔。如果你们肯到我们这儿来,咱们也许会战胜他们。"

"你想让我们和偷猎者作战?"

"还要拯救动物。我知道你们会愿意的。因为不管怎么说,如果偷猎者继续杀害野生动物的话,那么10年以后你们也就没事可做了。"

"这倒不假,"哈尔说,"但这还不能说服我们去帮助你。"

克罗斯比笑着点点头说:"我明白。"

他猜对了。亨特兄弟热爱动物,他们也热衷于冒险。

也许他们还热衷于金钱。"我可以给你们一点钱——但没有你们应得的那么多。"

"什么时候答复你?"

"我今天晚上住在这儿,也许你们明天早晨能告诉我。"克罗斯比微笑着踱回旅馆。

哈尔看着罗杰。罗杰看着哈尔。他们什么也没说——他们什么也不需要说。他们的眼睛在说:"干!"

但是还得和另一个人商量。通过蒙特旺加唯一的一部电话，哈尔接通了纽约。他高兴地听到了父亲的声音。约翰·亨特清楚了看守人提出的请求后，他迅速地做出了回答。

"干吧，"他说，"不要收钱，这是你们一生中难得遇到的伟大工作。祝你们好运。"

至于亨特兄弟的运气如何，这将是下一本书的内容。这本书就是：《猎场剿匪》。